約束の番 魂の絆
YAKUSOKU NO TSUGAI TAMASHII NO KIZUNA OMEGAVERSE
—オメガバース—
JN229268

約束《やくそく》の番《つがい》 魂《たましい》の絆《きずな》 ―オメガバース―

飯田実樹《いいだみき》

ILLUSTRATION：円之屋穂積《まるのやほづみ》

約束の番 魂の絆 ―オメガバース―

LYNX ROMANCE

CONTENTS

約束の番 魂の絆
―オメガバース―

遥《はる》か昔、二つの種族が対立していた。

科学技術が発展した文明を持つヴォート人と、古《いにしえ》より伝わる魔法と魔法具を操るエルヴァ人。

ヴォート人はエルヴァ人を『古き魔物』と蔑み、エルヴァ人はヴォート人を『異教徒』と侮蔑した。

二つの種族は互いを憎み衝突し合った。

やがて大きな戦争が勃発し、人種間の争いは世界中の国を巻き込んだ。

科学と魔法は相容《あいい》れぬもの……戦争は次第に拡大し、世界が滅亡する寸前でようやく終結した。

残された人々は、国も人種も関係なく、生きることに必死にならざるをえなくなった。


「カナタ様、それで結局ヴォート人とエルヴァ人のどっちが勝利したの？」

栗《くり》色の髪の少年が尋ねたので、カナタと呼ばれた黒髪の青年は、読み聞かせていた本を閉じて少年を見つめ返した。黒目がちの優し気な眼差《まなざ》しを向けられて、少年は少し赤くなり目を逸《そ》らす。

「どちらも勝っていないよ」

カナタが穏やかな口調でそう答えたので、尋ねた少年は不思議そうに首を傾《かし》げた。隣の少年と顔を見合わせる。

「どちらも勝っていないというのはどういうことですか？」

別の少年が手を挙げて尋ねた。

「今聞かせただろう？　国も人種も関係なくなるくらいすべてを失ってしまったんだよ。トリアス期世界大戦は、国同士の戦いではないんだ。人種間の戦争……つまり同じ国の中で、人種の違う国民同士が戦い合った戦争なんだよ。世界中の国で内戦が起きた。だから大戦が終結した時、人々はすべてを失ったんだ。街も家も、緑の森も豊かな畑もすべて失って、生き残った人々は本当に僅かだった。食べる物も、雨露を凌《しの》ぐ家も何もない荒れ果てた世界で、生きることに精一杯で戦っている場合ではないと気づいたんだよ。だから誰も勝利を手にしていないんだ」

カナタの話を聞いていた少年少女達は、怯《おび》えた様子で隣り合う者同士の顔を見合わせた。そんな子供達を見つめながら、カナタは優しく微笑《ほほえ》む。

「心配しないで、遥か遥か昔の話だから」

「どれくらい昔の話なんですか？」

端に座る少年が尋ねる。

「千二百年前の話だよ」

カナタの答えを聞いて、子供達は驚いたように目を丸くし、ざわざわとざわめいた。

「今の話を聞いてどう思った？　世界を滅ぼすような戦争は愚かだとは思わないかい？」

カナタがそう問いかけると、子供達は戸惑ったように目を泳がせた。

「人種が違うというだけで、同じ国民同士が争うなんてだめだと思わないかい？　戦っても何も良いことなんてない。すべてを失ってようやく人々はそう知ることが出来た。だから千二百年間、一度も戦争は起きていないんだ。これから先も起きて欲しくない。だから君達にこうして話して聞かせているんだよ」

言い聞かせるカナタの言葉に、子供達は皆素直に頷《うなず》いた。

「カナタ様……僕達はエルヴァ人なのですか？」

カナタの正面に座る少年が恐る恐る尋ねた。

「どうしてそう思うんだい？」

カナタが聞き返すと、少年は困ったようにしばらく考え込んだ。

「魔法を使える者もいるから……カナタ様も魔法が使えるでしょう？」

「私は魔法具が使えるだけだよ。魔法は少ししか使えないし、魔力もそれほど持っていない。確かにこの国の者は魔法を使える者も多いけど、そういう意味で言うならば、科学も進歩しているよ」

カナタはそう言ってニッコリと笑った。

「君はアルファとオメガが、ヴォート人とエルヴァ人だと思ったんじゃない？」

聞き返された少年は、赤くなって俯《うつむ》いてしまった。

「だけどアルファにも魔法を使える人はいるんだよ」

続けてカナタがそう言うと、皆が少しざわついた。

「アルファがオメガを蔑んで差別するのは、この戦いの話とは別なんだ。それについては君達がもう少し大人になったら教えることになるよ。ただこれだけは覚えておいて欲しい。もうこの世界にはヴォート人もエルヴァ人もいない。今はもう人種の区別はないんだ」

カナタは少しばかり表情を曇らせる。

「人種の区別はないのに、なぜアルファはオメガを差別するのですか？」

先ほどの正面に座る少年が再び尋ねた。

「それは……とても難しい問題なんだ」

カナタは困ったように眉根を寄せてそう呟《つぶや》き、しばらく考え込むように沈黙した。子供達は心配そうに顔を見合わせる。その様子を察して、カナタはすぐに明るい表情をしてみせた。

「この国にもアルファはいるけれど、この国のアルファはオメガを差別したりはしない。差別というのは自然発生するものではないんだ。必ず誰かの意図的な思惑や思想が反映されている。差別をする人は、ある日誰かからそう教え込まれてしまったんだ。我が国ではそういう差別をなくしたいと思っている。私達の王は世界中で虐げられているオメガを救いたいと尽力している。現にこうして君達は救い出されて我が国に来た。王も私もオメガだけれど、この国は決してオメガだけが暮らす国ではないんだ。さっきも言ったように、アルファも存在する。でもこの国にいるアルファは、この国のオメガから生まれた子供達なんだ。いずれ君達も会う機会があるかもしれないけれど、決して君達に害をなすアルファではないから安心して欲しい」

その言葉は、子供達にとっては信じがたいことのようで、再びその場がざわついた。子供達は隣り合う者同士で、ひそひそと話を始めている。

カナタは特に注意することはなく、子供達の様子を穏やかな表情で見つめていた。

ここにいる子供達は、全員この国に来てまだひと月も経《た》っていなかった。それぞれ世界中の国から、救出されてきた子供達だ。

髪の色も目の色も肌の色も違うが、子供達に共通していることは皆「オメガ」であるということだ。そして皆がそれぞれ辛《つら》い目に遭わされていた。

ここはアネイシス王国の王城内の一室。皇太子であるカナタは、傷ついた子供達の世話を任されていた。

カナタの話を聞いている子供達は、全部で八人いる。年齢は十二歳から十五歳までバラバラだが、全員性的虐待を受けていた子供ばかりだ。

身寄りのないオメガの子供は、大抵が売春宿に売り飛ばされる。そしてそこでの扱いも酷《ひど》いものだ。


オメガというだけで不当な差別を受けるのだ。

この世界には、男女の性とは別に、アルファ・ベータ・オメガという第二の性が存在している。

アルファは生まれつき頭脳や身体能力がずば抜けて優秀で、容姿も美しく、また人数も少ないため優遇されている。その能力故、各国の王族・貴族など特権階級のほとんどがアルファであると言っても過言ではない。

ベータは、一般的な能力の人間であり、世界の人間の大部分を占めている。

そしてオメガは、世界の人口の一割にも満たない希少な存在ではあるが、その性の特色のために差別を受けることが多かった。

オメガは男女共に、十代後半頃から発情期を迎えるようになる。その発情期は三ヶ月に一度一週間ほど続き、性別を問わず相手を発情させる強いフェロモンを発する。オメガは発情期の間、激しい性欲に囚《とら》われ、働くどころかまともな生活もままならなくなるため、低俗な人種と蔑まれてしまっていた。

　またアルファは、オメガのフェロモンに抗《あらが》えず、発情を誘発され理性を失い野性的な行動を起こしてしまうため、オメガを嫌い遠ざけるようになっていた。

　アネイシス王国は世界で唯一のオメガの王が治める国である。建国の歴史は浅く、他国との交流を一切行っていないため、その存在を知らぬ者も世界には多く謎《なぞ》に包まれていた。

　アネイシス王国の王ハルトは、世界中から不幸な目に遭っているオメガを救い出し、王国内で保護をしていた。国民のほとんどが、救出されたオメガとその子供達である。

「さあ、勉強会はここまでにしよう。みんな食堂へ行って昼食を食べてきなさい。その後は自由にしていいからね。ただし、まだ決められた場所以外には行ってはいけないよ?」

「はい、カナタ様ありがとうございました」

　子供達は立ち上がると、一人一人カナタに礼を述べて去っていった。カナタはそれを笑顔で見送る。

　カナタが受け持つ子供達は、救出されて間もない者達だ。

　救出されてきた子供達は、この国でまずは体を癒《い》やすために治療院で保護される。

　虐待を受けた子供達は、体罰や性的虐待による外傷だけではなく、まともな食事ももらっていなかった者が多い。傷の治療と栄養のある食事を与えて、体力を回復させることを優先させていた。

　普通の生活が出来るまで回復した子供達は、心の治療を施される。この国が安全であることを教え、正しい知識を与えて、自分達が受けていた虐待はすべて間違った行為であり、オメガは差別を受ける理由はないということを知らせることで、自虐的な思想を取り除き健全な心を取り戻させていた。

　カナタは、その心の治療の一端を請け負っていた。

　子供達を見送り、カナタは本を片付けながら深い溜息《ためいき》を吐《つ》いた。

「溜息なんか吐いて、何か悩み事？」

ふいに声がしたので、カナタは驚いて辺りを見回した。

「ルゥルゥ？」

カナタが名前を呼ぶと、目の前の空中に突然ポンッと生き物が姿を現した。それはくるりと宙で一回転しながら、咄嗟《とっさ》に差し出したカナタの両手の上にトンッと着地する。

「いつからいたの？」

カナタが微笑みながら尋ねると、その生き物は大きな青い瞳でカナタを見つめ返した。

「ずっといたよ。子供達が怖がるといけないから、姿を隠していたのさ」

「別に怖がらないと思うけど……」

カナタが不思議そうに言うと、その生き物はウィンクでもするかのように片目を閉じながらククッと喉を鳴らした。

「あの子達はサリールなんて幻獣を見たことないだろう？　動物がしゃべったらびっくりして怖がるかもしれないからさ」

「気を遣ってくれたんだね。ありがとう」

カナタはその生き物を腕に抱いて、柔らかな毛並みを撫《な》でながら礼を述べた。

それはサリールという幻獣で、一見狐《きつね》と間違えそうな姿をしていた。ふさふさとした大きなしっぽと体は、青みがかった白い毛で覆われていた。ピンと立った大きな耳と、顔の半分を占めるほどの大きな目が、狐の顔とは違っている。しかしもっと違うのは、額の中央に小さな角が一本生えていることと、背中に小さな羽が生えていることだ。

そして何よりも人語を話すことが出来るところが、サリールをして『ただの動物』ではないと決定づけていた。

サリールは、人間と同等の知能を持ち、人語を解し、空を飛んだり、姿を消したり、瞬間移動も出来る魔法動物だ。人間の前にめったに姿を現すことはない貴重な生き物だ。

「それで悩み事があるのかい？」

「うん……悩み事と言うか……私はこのままでいいのだろうかと思うようになってしまって……」

「このままでいいって、なんのことだい？」

「あんなに傷ついている子供達がたくさんいるのに、私はこの国の中で守られたままで良いのかと思ってしまうんだ。もちろんこうして子供達を教育することも大切な役目だと思うけれど、逆に言えば私でなくても出来ることだ。私は……一人でも多くのオメガの子供達を助け出す力になりたいんだ」

「それは……救出部隊に所属して、他の国に潜入するってこと？」

「うん、そうだよ」

「陛下がそれを許すかな？」

ルゥルゥの言葉に、カナタは眉根を寄せた。

「許してくれないかもしれないけれど、私はやっぱりじっとしてはいられないんだ。反対されても……それでも行きたい」

カナタが深刻な表情で言うので、ルゥルゥはその大きな青い目でカナタをしばらく見つめて、大きな溜息を吐いた。

「カナタの気持ちは分かったよ。決意は固いんだね。だけど君はこの国の皇太子だ。むちゃをしてはいけないよ？　ちゃんと陛下に話をして、納得させなければだめだと思うんだ。ボクも協力するからさ」

「ありがとう、ルゥルゥ……そうだね。身勝手をしてはいけないよね」

カナタはそう言ってしばらく考え込んだ。

「母上と話をしてみるよ」

カナタが力強く言ったので、ルゥルゥは安堵《あんど》したように頷いた。


王城内の一室で、カナタは緊張した面持ちで椅子《いす》に座っていた。時々不安げな眼差しを、奥の扉へ向ける。膝の上に乗せた両手は、きゅっと拳《こぶし》を強く握りしめている。

カチャリと扉が開く音がして、カナタは顔を上げた。

現れたのはカナタと同じ黒髪の男性だった。カナタを見て微笑みを浮かべると、立ち上がったカナタに座るように手で合図を送った。

「待たせたね。会議が長引いてしまって……」

彼はそう言いながら、側に控える従者にお茶の用意をするように指図して、カナタの向かいにある椅子に腰を下ろした。

アネイシス王国の国王ハルトだった。

ハルトは腰まである長い黒髪を後ろで一つに結んでいるだけで、頭に王冠はかぶっていない。服装もこの国の民達が着ているものとあまり変わりのない、煌《きら》びやかな装飾など一切ないもので、一見して国王だと思うような姿をしていなかった。

年齢は四十二歳だが、見た目は十ほど若く見える。優しげで美しい面立ちは、カナタとよく似ていた。

二人が並んでいると、親子というより兄弟のように見える。

「母上、お忙しい中お時間をいただき申し訳ありません。実は……んっ」

思い切って口を開いたカナタだったが、その口をハルトの右手が塞いだので、カナタは目を丸くした。見るとハルトが左手の人差し指を口元に立てて「しぃーっ」と言っている。

何かあったのかと、カナタは目をうろうろとさせて辺りを見た。

「カナタ、せっかく久しぶりに会えたというのに、いきなりそんな怖い顔で話し始めないでおくれ」

ハルトがその形の整った細い眉を曇らせて言ったので、カナタはさらに目を丸くした。

「なんだい？　その顔は」

ハルトはクスリと笑って、カナタの口を塞いでいた手を離した。

「何日ぶりに会ったと思っているんだい？　同じ城の中に住んでいるというのに、君は自立して以来全然私と一緒に食事をしたりしてくれないじゃないか。親子だというのに寂しいよ。今日だって君の方から会いたいと言うから楽しみにしてきたというのに……」

「も、申し訳ありません。ですが自立して仕事を与えられた以上は、私は陛下の家臣でもあるわけですから、むやみに私情を挟むことは良くないと思い……私自身、そう言い聞かせないと母上に甘えてしまいそうになるので……それに母上はとてもお忙しいではありませんか！　今まで私が知らなさすぎたのです。こうして臣下として国王の政務を知ると、そのお忙しさに驚くと共に、今まで私のために無い時間を作ってくださっていたのだと分かり……」

「分かった、分かったから」

　あまりに必死な様子でカナタが弁明をするので、ハルトはおかしそうに苦笑しながら、宥《なだ》めるように両手をひらひらと振ってみせた。

「カナタ、落ち着きなさい。私は別に怒っている訳じゃないんだよ。ちょっとからかっただけだ。そんなに必死に弁明する必要はない。本当に君は真面目《まじめ》だね。そういうところは父親に似ているね」

　ハルトがクスクスと笑いながら言った。カナタはその言葉に、はっとした。今まで父のそういう話を、あまりされたことがなかったからだ。父はカナタが生まれる前に事故で亡くなった。その程度の情報しかカナタは知らない。父の話をする時、いつも母が辛そうな顔をするので、カナタは聞くことが出来なかったのだ。

「私の父上は真面目な人だったんですか？」

　嬉《うれ》しくなったカナタは、いつもだったら聞き返さないようなことを聞いていた。

「ああ、真面目で誠実な人だったよ」

　ハルトは穏やかな表情で答えてくれた。

「それで……急に会いたいと言ってきて、そんなに緊張して怖い顔になっていたのは、私に何か頼みがあるのだろう？」

ハルトはカナタの前髪を搔《か》き上げるように優しく撫でながら、さりげなく話を元に戻した。

「あ……は、はい。そうです」

カナタは我に返り、本来の目的を思い出して、再び硬い表情に戻ってしまった。背筋を伸ばして、真剣な表情でハルトを見つめる。

「母上……いえ、陛下。今日はお願いがあって参りました」

「なんだい？」

「私にオメガの救出の仕事をさせてください」

カナタは決死の覚悟で言った。当然ながら反対されると思ったからだ。叱られるのも前提で、それでもなんとしても説得しなければという固い決意を持っていた。

だがハルトはすぐには叱らなかった。ただ驚いて目を大きく見開いている。

「それは……他国に諜報《ちょうほう》員として潜入している救出部隊に所属するということかい？」

しばらくの沈黙の後、ハルトが静かな口調で尋ねた。

「はい……そうです」

カナタは緊張した面持ちで頷いた。再び沈黙が流れる。

ハルトは少し険しい表情をしているが、じっと目を伏せて考え込んでいた。カナタは固唾《かたず》を飲んでそれを見守っていた。

もっと違う反応をされると思っていた。

『ダメだ』と間髪容れずに反対されて叱られるものだと思っていた。

オメガ救出部隊の仕事はとても危険だ。『救出』といえば聞こえはいいが、要は他国の人間を拉致してくるようなものだ。どんなに酷い目に遭っていようとも、そのオメガはその国の民で、その国の法の中で許される範囲内で酷い目に遭っているだけだ。

奴隷制度が合法の国も多い。たとえ奴隷が、まともな人間として扱われていないとしても、許されることも多い。

特にオメガであれば、皆が見て見ぬふりをするのだ。

それを他国の人間が、勝手に攫《さら》っていくのだから、もしもその国の兵士に捕まれば、奴隷泥棒として牢《ろう》獄《ごく》に入れられてしまうし、場合によっては処刑されかねない。

そして救出部隊の者達は、万が一捕らえられた時に、自国に災難が降りかからぬように、アネイシス王国の者であることは決して言わないことになっている。拷問されて自白させられるようなことがあれば、自決する覚悟までしていた。

それは今まで救い出したたくさんのオメガの民を守るためでもある。

そんな危険な仕事をしようとしているカナタを、ハルトが許すはずはない。

「救出部隊に入るには、専門の訓練を受けて、試験に合格しなければならない。訓練はとても厳しいし、期間も決められている。その期間内に合格しなければなれないんだよ？」

「はい、分かっています」

「分かりました。やってみなさい」

「え？」

カナタは聞き間違いかと思って驚いた。

「どうした？」

ハルトが苦笑して尋ねたので、カナタは呆然《ぼうぜん》とした表情でハルトを見つめたまま、すぐには返事を出来ずにいた。

「え……だって……」

「ものすごく反対されると思った？」

「は、はい……」

「だけど君は、どんなに反対されても、断固として食い下がるつもりでいたんだろう？　だったら承諾するしかないじゃないか」

　ハルトはそう言って肩をすくめてみせた。カナタはしばらくの間何も考えられずにいたが、やがて冷静さを取り戻し、少しばかり眉間にしわを寄せてハルトを見つめた。

「どうせ私が試験に受からないとお思いなのですか？」

「いや、君は受かるよ。だって君には最高の教師をつけて、学問も体術も優れた成績を残すほどに鍛えてきたからね。諜報員の訓練なんてきっとすぐにマスターしてしまうと思うよ。我が子だから贔屓《ひいき》目に見て言っている訳じゃない」

「え……」

　カナタは思いもよらない言葉に、どう答えれば良いのか分からずに戸惑ってしまった。

「それ……本当ですか？」

「どれだい？」

「ですから……私への教育のことです」

「まあ……君は物心ついた頃からそういう風に教育されていたから、それが普通で、特別な教育だとは思わないよね」

　ハルトが苦笑しながら言ったので、カナタはきょとんとした顔で頷いた。

「でもどうしてそんな教育を？」

「それは君が生き延びるためだよ」

「生き延びるため？」

「君はもう十分この国の立ち位置が分かっていると思うけれど、我が国はいつ他国から攻め込まれても仕方がないくらいに危うい立場にある。オメガの国というだけで、狙われる理由としては十分だ。その上犯罪まがいなことを繰り返している。他国からオメガを攫ってくるというね……今はまだこの国のことを対外的に知らせていないから、『謎の国』としてなんとか凌いでいる。でももしも……この国がなくなってしまった時には、君はただのオメガとして生きていかなければならない。どの国に逃げるかによって、待遇は違うとは思うけれど……悪くすれば捕らえられて奴隷にされてしまうだろう。それを回避するために……君が自分の身を守って生き抜くために、必要な色々なことを自然と身につくように教育をしたんだ」

「母上……」

ハルトは大きな溜息を吐いた。

「大切な君を危険な目に遭わせたくはないのだけど……王としても他の家臣だけ危険な目に遭わせておいて、我が子を贔屓するのも良くないことだと思っている。もちろん君は皇太子なのだから、守られるのも当然で、そのことを咎《とが》める者など誰一人いないと思うけれどね。でもこれもいい機会だから君に話しておきたいと思う。私はオメガを守りたくてこの国を造った。だから国を維持するために国王になった。だけど私は、私よりももっとこの国を良くすることが出来る者が現れれば、いつでも王位を譲りたいと思っている。それは跡継ぎという意味だけではない。だから君に無理に王位を継がせようとは思っていないし、君よりも相応《ふさわ》しい者がいればその者に王位を譲るかもしれない」

ハルトはとても穏やかな顔で、カナタを真《ま》っ直《す》ぐに見つめながら話をした。

「もちろん君が王位に就きたいと望むならば、喜んで譲りたいとも思うけれど、君がこの国の王に相応しい人物でないならば、たとえかわいい君の望みでも譲らないかもしれない」

ハルトはニッコリ笑うと、カナタの頭を軽く撫でた。

「でも今確信したんだ。君はとても良い王になれるだろう。だから君が救出部隊に入ることを止めないことにしたんだ」

「母上」

「ずいぶん厳しい親だと思うよね……だけど私は誰よりもオメガの幸せを願っているし、君の幸せを願っているんだ……カナタ、一つ約束して欲しい」

「なんですか?」

「救出部隊の仕事は二年の期限付きにして欲しい」

「え?」

「二年経ったら必ず国に戻ること……それが約束だ」

「え……だけどそれじゃあ……」

「たった二年では何も出来ないと思うかもしれない。でもきっと二年の間に、君は色々なことを経験し、様々なことを知るだろう。君が戻ってきたら、私は君に話したいことがあるんだ。だから必ず戻ってきて欲しい」

「話したいこと……」

カナタが復唱すると、ハルトは微笑んでそれ以上は何も言わなかった。今は話すことではないのだろう。カナタはそう理解して、それ以上は尋ねなかった。

「さあ、決まったら早く行動に移しなさい。覚えることはたくさんある。私の方から訓練所には連絡しておくよ。君はとりあえず今の仕事を、他の誰かにちゃんと引き継ぎなさい。やりかけたまま放っておいてはいけないよ。君のことを慕っている子供達に、きちんと君の口で事情を説明しなさい」

「はい、分かりました」

カナタは言われたことにハッとして、慌てて立ち上がった。

「それでは失礼いたします」

深々と頭を下げると、その場を立ち去ろうとした。数歩歩いて足を止めると振り返る。

「母上、ありがとうございました」

カナタはようやく笑顔になってそう告げると部屋を後にした。

ハルトは少し寂しそうな顔でそれを黙って見送った。


カナタはすぐ自分の後任を探すことに着手した。同じ教育官をしている者達に話をして、手の空いている者を探し出し、事情を告げて後任を頼まなければならなかった。

もちろん皇太子であるカナタの頼みであれば、断る者はいない。それでも誰でも良いという訳ではない。

子供達にも色々なタイプの者がいるように、教育官にも様々な人がいる。

カナタが担当する子供達に合う者を選ばなければならない。親しくしている仲間達に相談をしながら、リストにある情報を元に選出し、その者と面談をし、後任として決まれば、次は引き継ぎをする必要があった。

結局夜中までかかってなんとか準備を整えた。

翌朝、カナタは子供達を部屋に集めた。

「急な話で申し訳ないのだけど、今日から君達の教育官を別の者が担当することになりました。もちろん私も引き続き君達の世話をしたいと思っていますが、私は別にやらなければならないことが出来てしまいました。それをやりながら、君達の教育をすることは無理なので、とても残念ですが君達の教育官を辞めます。すべては私の我儘《わがまま》です。途中で君達を放り出すようなことをしてしまって、本当に申し訳ないと思います。でもこれだけは信じてください。君達のおかげで、私は一歩を踏み出すことが出来たのです」

カナタは子供達の顔を一人一人見つめながら、穏やかな口調で語った。教育官を辞めてしまうことを、子供達に説明するのには、とても慎重に言葉を選ぶ必要があった。

ここにいる子供達は、親や世間から一度見捨てられてしまった子達だ。奴隷として酷い扱いを受けて、自分の価値や存在意義を見失ってしまっている。そんな心の傷を癒やし、自信を取り戻させるための教育をしている途中だった。

この子達は、カナタが受け持ってまだひと月にも満たない。心の傷はまったく癒えていないし、最近ようやくカナタに心を許し始めたばかりだった。

　そんな時期に、カナタが教育官を辞めてしまうということは、子供達にとっては『カナタからも見放された』と感じて傷ついてしまいかねない。

　現に今、子供達は動揺の色を見せている。カナタは内心焦ったが、それを表に出さないように努めた。カナタが焦って言い訳じみた話し方をしてしまったら、余計に子供達を傷つけかねないからだ。

「私はずっと前から心に引っかかっていることがありました。こうして貴方《あなた》達のように、辛い目に遭わされた者達が、この国で新しい人生を歩めるように、教育をするのが私の役目ですが、皇太子である私が果たしてそれで良いのだろうかと……実際の現場で貴方達がどんな目に遭わされていたのかも知らずに、本当に貴方達に寄り添い、手助けが出来ているのかと……それが心に引っかかっていました。最初に私が受け持った生徒達は、無事に教育課程を終えて今この国で自分に相応しい仕事を見つけて働いています。彼らは新人の私でも教育出来るように、比較的厳しい境遇ではなかった子達でした。身体的にも精神的にもそれほど深い傷を負っていなかった。それでも私は、彼らが不当な差別を受けていたことに心が痛みました。オメガというだけで、なぜそれほどまでに差別されなければならないのかと……この国で生まれ育った私には、理解が出来なかったのです。でも二度目の生徒である貴方達に出会って、私は人生観さえも変わってしまうほどの衝撃を受けました」

　カナタは話しながら、必死に昂《たかぶ》る感情を抑えようとしていた。彼らが受けてきた境遇を思い返すと、やり場のない憤りを感じて胸が痛くなる。

　カナタは目を閉じて大きく息を吸い込んだ。気持ちを静めるように、ゆっくりと細く息を吐き出す。最後まで息を吐ききり、目を開けて目の前の子供達の顔を見た。子供達はとても不安そうな顔をしていた。それと同時に僅かだが怒りに似た表情も見受けられる。それは彼らと初めて会った時の表情に似ていた。

たくさんの大人に裏切られ、傷つき、ボロボロになった彼らが、大人をすべて信じず敵とみなしている怒りの表情だ。

『衝撃を受けた』と言ったカナタの言葉を勘違いしてしまったのだろう。『憐《あわ》れみ』は彼らが嫌う感情だ。カナタが彼らを憐れんだのだと勘違いされては困る。すぐに正さなければと内心慌てた。

カナタは気を取り直すと、ニッコリと笑顔を向けた。それには子供達も驚いて、目を丸くしている。

「ありがとう」

カナタは笑顔で、心を込めて言った。

「ありがとう。生きていてくれてありがとう。アシル、クロード、ディオン、ジル、モルガン、アネット、エマ、ジャンヌ、みんな生きていてくれてありがとう。大人でも耐えられないような酷い目に遭わされて、それでも自殺せず生きることを選んでくれてありがとう。おかげで私は貴方達に出会えた。貴方達の強さを知ることが出来た。そして私の未熟さも知ることが出来た」

カナタは子供達一人一人の名前を呼びながら、その子の両頬《ほお》を優しく両手で包むようにして、真っ直ぐに瞳を見つめた。

「私は恥ずかしいのです。こんな世間知らずで未熟な私が、貴方達を教育するなど……私は貴方達と同じオメガですが、貴方達の方がずっと強く立派なオメガです。心にずっと引っかかっていたことが、貴方達のおかげで明確になりました。私はもっと知らなければいけない。外の世界で、オメガがどんな目に遭っているか、そこで皆がどのように戦っているか……貴方達の強さを見習いたい。今は心からそう強く思っています」

カナタは言葉を噛《か》みしめるようにゆっくりと話した。

「私は救出部隊に入るべく、これから特訓を受けるのです。訓練はとても厳しくて仕事の片手間で出来ることではありません。ですから教官を辞めるのです」

子供達は小さく口々に『救出部隊』という単語を呟いた。その様子に、カナタは大きく頷いた。

「貴方達を救い出してくれた者達がいるでしょう？　あれが我が国の『オメガ救出部隊』です。世界中の国々に潜伏し、その国のオメガの待遇事情を調査し、奴隷にされている者がいないか探し出して救出する。奴隷だけではありません。普通の暮らしをしている者でも、差別を受けて恵まれない環境にいる者がいれば、本人と接触し希望があれば我が国に受け入れます。時にはその国の法を犯す行為になる場合もあり、あくまでも秘密裏《ひみつり》に行動するため、諜報員のような活動をしています。かなり危険な仕事です。ですから救出部隊に入るためには、特別な訓練を受け、試験に合格しなければなりません」

思いがけない言葉に、子供達がざわめいた。だがカナタは話を続けた。

「私は貴方達のような者を一人でも多く助け出したい。きっと今もどこかで、苦しみに耐えながら強く生き続けている者達がいるはずです。思い出してください。我が国の救出部隊が初めて貴方を助けにきた時のことを……迷惑でしたか？」

問われて子供達は一斉に大きく首を振った。それぞれがその時のことを思い出しているようだった。

「最初は信じられなかったけど……あそこから出られるのならば、どんなところでも良いって思った。あそこよりも悪いことはないだろうから……だから嬉しかった」

「僕も……たくさんの警察に追われる中ずっと抱きしめて守られて……初めてだったんだ。あんな風に誰かに大切にされたこと」

子供達が口々に、自分の時のことを話し始めた。それはすべて救出してくれた者達への感謝の言葉ばかりだった。

カナタはそれをとても嬉しい気持ちで聞いていた。

「でもカナタ様がそんな危険な仕事をするなんて……この国の王子様なんでしょ？」

「王子だからこそやらなければならないと思っているんだ。皆……応援してくれるかい？」

カナタが尋ねると、子供達は一瞬困ったように顔を見合わせた。そしてみんなが一斉にカナタを見つめた。

初めてカナタに会った時、なんて綺麗《きれい》な男の人だろうと思った。物腰も柔らかく、笑顔で優しくて、第一印象は決して悪くなかった。だがこの国の皇太子だと聞き、子供達は一斉に心の扉を閉ざした。彼らにとって上流階級・特権階級の者ほど、信じられない人種はいないのだ。

だがカナタは自分達と同じオメガだと聞き驚いた。この国の王もオメガだと知りさらに驚いた。

そしてカナタから毎日色々な話を聞き、勉強を教えてもらううちに、次第に心の扉が開かれていった。今ではみんなカナタのことが大好きだ。出来ることならこれからもずっと側にいて欲しい。自分達の教育官でいて欲しい。危険な仕事などして欲しくない。

でも真っ直ぐな瞳で語るカナタを見ていると、反対は出来なくなっていた。

「カナタ様と離れるのは嫌だけど……僕達みたいな子を助けてくれるなら……応援します」

「オレも」

「私も」

子供達が次々に賛同の声を上げたので、カナタはとても嬉しそうに頷いた。

「ありがとう……みんなありがとう」

カナタは泣きそうになるのを我慢して、笑顔で皆に礼を述べた。


救出部隊に入るための訓練は、約一年近くかけて行われる。本当は五年もかかる内容だったが、語学や体術など、すでにカナタが習得しているものもあるので、未習得のものについては一年ぐらいかかるだろうというのが、教官の判断だった。

それには『寝る間も惜しんで』の猛特訓が必要だ。

カナタはその言葉通り、寝る間も惜しんで日々勉強に邁進《まいしん》した。


「カナタ……試験合格おめでとう」

ハルトに祝いの言葉をもらい、カナタは嬉しそうに頷いた。

「これで君も晴れて、救出隊員だ。希望の任務地はどこなんだい？」

「はい、イディア王国を希望しています」

カナタの言葉を聞いて、ハルトは一瞬顔色を変えた。

「イディア王国……」

ハルトが少しばかり動揺の色を見せたので、カナタは不思議そうに首を傾げた。

「母上……どうかなさいましたか？」

「あ、いや……イディア王国は大国だよ？　それこそアルファが治めるアルファ絶対主義の国だ。オメガを奴隷にするのは合法だし、オメガを擁護する人人への弾圧も厳しい。とても危険を伴う国だ」

「だからこそです。すでに潜伏している仲間も多いし……たくさんのオメガが救いを求めています。私はどうしてもイディア王国に行きたいのです」

カナタが熱く語るのを、ハルトは複雑な表情で聞いていた。

「分かりました。どうか無理をせず、体には気をつけて」

「はい、大丈夫です。ルゥルゥもいますから」

「そうでしたね」

カナタが『ルゥルゥ』の名前を出すなり、二人の目の前にポンッとルゥルゥが姿を現したので、ハルトは思わずクスリと笑った。

「ルゥルゥ、カナタをお願いしますね」

ふわりとカナタの肩に着地したルゥルゥに向かって、ハルトがそう言うと、ルゥルゥはその大きな耳をピクピクと動かした。

「お任せください！」

ルゥルゥが力強く言ったので、ハルトは微笑みながら一つ溜め息を吐いた。

「カナタ……貴方は『魂の番《つがい》』に憧れていましたね」

ハルトが突然そんなことを言うので、カナタは少しばかり赤くなりながら「はい」と返事をした。

「もしも……魂の番に会うことが出来たら、迷うことなくその人を選びなさい」

「え!?」

カナタはとても驚いた。

「母上……なんていうことをおっしゃるのですか」

カナタは赤くなって、慌ててハルトにそう注意した。しかしハルトは、真面目な顔のままカナタを見つめている。

「たとえ……どんな結果が待っていようとも、魂の番に出会ってしまったならば、その者の手を取りなさい。結ばれることを躊躇《ちゅうちょ》してはなりません。分かりましたね」

「母上……どうして今そんなことを……」

カナタは戸惑いながら尋ねた。『魂の番』とは、オメガにとって憧れの存在だった。アルファとオメガが発情に関係なく運命的に結ばれているという関係のことで、その相手に出会うことは奇跡に近いとされていた。

どうしても特殊な『発情』というものに、人生のすべてを奪われてしまうオメガにとって、発情に関係なく自分のことを番として愛してくれるアルファの存在は、憧れになっていた。

「外の世界に出たら、色々な人に出会うでしょう。その中で魂の番に出会うかもしれません。でも貴方のことだから、私や国のことを思って、その者と結ばれることに躊躇してしまうでしょう。でも魂の番に出会ったならば躊躇《ためら》うことはありません。結ばれなさい。そうしなければきっと後悔することになります」

「母上」

ハルトがとても強い意志で言っているので、カナタは驚いていた。

「母上、それは母上と父上のことを言っているのですか?」

カナタが問うと、ハルトは一瞬言葉を飲み込んだ。

「カナタ、勘違いをしてはいけませんよ。あくまでも貴方は救出部隊の重要な任務を負って出向くのです。恋愛は禁止されてはいませんが、だからといって軽はずみな行動はしてはなりません。発情抑制剤の投与を忘れてはなりません。貴方がオメガであることも、誰にも悟られてはなりません。ベータに擬態する術は学びましたね?」

「はい、それは……それは分かっています。だからどうして母上が、さっきのようなことを言い出したのか驚いているのです」


救出部隊として他国に潜入するにあたり、隊員になる者達はベータに擬態をし、その国の一般人に紛れて暮らすことになる。

アネイシス王国では、優れた研究者達と恵まれた研究施設により、オメガを守るためのあらゆる研究が進んでいた。

オメガが最も悩まされる『発情』を、コントロールするための研究も行われており、とても優れた発情抑制剤が開発されていた。それは他国で出回っている同様の薬の何倍もの効果があるものだった。

さらには彼ら特有のフェロモンを隠す装置などの開発も進んでおり、フェロモンを消し去る薬や、それによってベータに擬態することが可能になっていた。

それは科学技術の進歩と、古《いにしえ》よりの魔法を操る術の両方を、上手《うま》く取り入れ融合させることで、可能になっている研究成果だった。

世界中のどこでもまだ成功していないことであり、

それが小国であるアネイシス王国が繁栄し、存続し続けられる秘密でもある。

この世界では一般的に、優秀な能力を持つのはアルファだとされている。だが実のところは、オメガもアルファと同じだけの優れた能力を持っていた。特に魔力に関しては、オメガの方が強い力を持っている場合が多く、人によってはアルファよりも優れていることがあると言われている。

ただオメガは、その特殊な体質のせいで、能力を発揮することが出来ずにいた。

アルファがオメガを弾圧する理由のひとつには、自分達よりも優れた能力をオメガが持つことを許さないという思考が、原因であるとも考えられていた。

「危険を伴う日々を送るのですから、自分の正体を明かすことになりかねない恋愛には、慎重にならなければなりません。でもだからこそ、擬態をしていても発情に関係なく惹《ひ》かれ合う魂の番に出会うことが出来たら、それは話が別です。生涯でたった一人、出会うこと自体が奇跡である相手なのですから、出会ったら躊躇なく結ばれなさいと言っているのです。カナタ……私は別に貴方に魂の番を探しなさいと言っている訳ではありませんよ。私は貴方が無事で、一日も早く私の元に戻ってきて欲しいと願っています。だから今話した魂の番に関することは、頭の片隅にでも覚えていてくれればいいのです」

ハルトはそう言うと、そっとカナタを抱きしめた。

イディア王国の王都マイエンベルク。

王城を中心に発展している城下町は、人口十万人を有し、イディア王国国民の三分の一が暮らす大都市でもあった。

石畳の整備された道が縦横に延びて、たくさんの馬車が行き交っていた。レンガ造りの三階、四階建ての大きな建物がいくつも並び、その都市の発展ぶりは周辺国とは明らかに一線を画していた。

街の一角の小さなカフェで働くカナタの姿があった。

イディア王国に潜入して三月が経っていた。

カナタは、イディア王国の郊外にある小さな村から、勉強のために王都に出てきたベータの若者という設定で、自然と街に溶け込んでいた。

出来るだけ目立たず静かに日々を過ごし、潜伏している他の仲間と連絡を取り合いながら、秘かに情報を探り、奴隷にされているオメガを探し出す。

最初のひと月はとにかく王都のことを知り、イディア国民になり切ることに費やした。地図を見て、街の造りを覚えて、すべての道を把握しなければならなかった。

その後は情報収集を行う。

カフェで働き、客達の会話に耳を傾けるのも、情報収集の一環だった。小さなカフェに立ち寄る客は、一般的な生活を送るベータがほとんどだ。アルファ達上流階級の家で働いている者も多い。

時折、話の中にオメガに関する話題も上る。それを逃すことなく聞き取り、有益な情報を取り込んだり、時には仲間が客として現れたりして、そっとカナタに接触することもあった。

その日も仲間が客として訪れていた。

店の外の路面沿いに、小さなテーブルが三つ並び、そのうちの一つに座り新聞を読む男の姿があった。

カナタは注文されたコーヒーを持って近づくと、他の客と変わらぬ態度でにこやかに声をかけて、テーブルの上にコーヒーを置いた。

男は「ありがとう」と言って、カナタにコーヒー代を渡した。その時にお金と一緒に、小さな紙片が渡されたので、そっとポケットに隠すと店の中へ戻った。

夕方になるとカナタは仕事を終えて、自分の住んでいる部屋へ帰った。

四階建ての古い集合住宅。ベッドルームとダイニングの二部屋しかないが、一人暮らしにはちょうど良い。正確には一人と一匹暮らしだが……。

「ただいま」

カナタは部屋に入ると小さな声で呼びかけた。

「おかえり」

返事がして、ポンッとカナタの目の前にルゥルゥが現れた。奥の寝室にあるベッドの上にいたはずだが、瞬間移動してきたのだ。

カナタはルゥルゥを抱きしめて、額に軽く口づけると、ダイニングテーブルの上にルゥルゥを置いた。かけていた眼鏡を外し、右頬につけていた大きなイボも取ってテーブルの上に置いた。

カナタは潜伏するために変装をしていた。いくら薬や腕に嵌《は》めているブレスレット型の装置のおかげで、ベータに擬態をしていても、その美しい容姿では目立ってしまう。そのため黒縁の眼鏡をかけて、右頬には本物そっくりに作った大きなイボをくっつけて、カフェで地味な青年を装って働いていたのだ。

昼間に仲間からもらった紙片をポケットから取り出して、折られた紙を広げてみた。

そこには時間を示す数字と、場所に関する名前が書かれてある。今日仲間達とそこで集まる予定だった。

「今夜は出かけるよ」

カナタはそう言って、紙片をルゥルゥにも見せた。

「いよいよ突入するの？」

「今日は突入するかどうか分からないよ。性奴隷の売買が行われている現場を押さえるのが目的だから……その場の判断によってどうするか決めることになるけど、もしかしたらそこはそのままにして、オメガの子が売られた先を追って、そこで救出することになるかも」

「なんで？　取り引き現場で一網打尽にする方が良いじゃない」

「小規模ならばそれでも良いけれど、もしも大規模な取り引き現場だったら、そのままにしておいて奴隷商人達の取り引きルートを探る手掛かりにした方が良いと思うんだよ。大規模ならば何人もの奴隷商人が集まるだろう？」

「なるほどね。そしたら一気にいくつもの取り引きルートの情報が得られるって訳だ」

カナタは頷くと、まだ時間があるので、食事を作り始めた。その間、ルゥルゥはふわふわと宙に浮いた状態で、料理をするカナタに色々と話をする。

二人の会話は常に小声で行われていた。

一応一人暮らしということになっている。ペット禁止ではないが、人語を操る幻獣と一緒に住んでいるなんて、周囲に知られる訳にはいかない。

カナタは出来上がった鶏肉《とり》と芋の入ったスープを器に入れ、パンを切って皿に盛り、ダイニングに置かれた小さなテーブルに並べた。

部屋の脇に置かれたチェストの上に古い蓄音機が置いてあった。カナタはそれについているハンドルを数回回してぜんまいを巻くと、レコードの上に針を落とした。

ピアノの優しい調べが蓄音機から流れ出る。

カナタは椅子に座ると、ルゥルゥと一緒に静かに食事を始めた。これがカナタの日課になっていた。

一人暮らしは寂しい。ルゥルゥがいなかったらと思うと、ぞっとした。

「今日はどこかに出かけたの？」

「うん、お城に行ってみたよ」

ルゥルゥの返事に、カナタは思わず飲みかけていたスープを吹き出しそうになった。コホコホッと咳《せ》き込んでいると、「大丈夫？」と他人事《ひとごと》のようにルゥルゥが声をかけた。

「ルゥルゥ！　大丈夫じゃないよ！」

カナタは思わず叫んでいた。

「カナタ、声が大きいよ」

ルゥルゥに指摘されて、カナタは慌てて両手で口を塞いだ。

「ルゥルゥ……この国の城については、まだよく分かっていないんだから勝手に入ったらダメだよ」

「まだよく分かっていないから調べにいったんじゃん」

「城の中に魔法使いがいたらどうするのさ……幻獣はすぐに見つかっちゃうよ」

カナタが焦った様子でそう言ったので、ルゥルゥは「ごめん」と言ってペロリと舌を出した。

「君が捕まったら泣くよ？」

カナタはパンをちぎって、少しスープに浸すと、それをルゥルゥに差し出した。ルゥルゥは小さな前足で器用に摑《つか》むと、そのパンを食べ始めた。

「気をつけてね」

カナタの言葉に、ルゥルゥはパンを頰張りながら頷いた。

「でも城の中には、オメガの奴隷はいない感じだったよ」

ルゥルゥが調査報告をすると、カナタは「そう」と言って、少し意外そうな顔をした。

「この国の法律で、オメガを奴隷にしても良いことになっているから、てっきり城の中でもオメガが奴隷としてこき使われているのかと思ってた」

「ボクもそう思って、城の地下とかも探ったけど、それらしいものは見つからなかった」

「地下って……ずいぶん奥まで入っているじゃないか」

カナタが驚いて言ったが、今度は注意して声を潜めて言った。

「うん、ごめんって……もうしないよ」

ルゥルゥは、自分の前足を舐《な》めながら謝った。

「本当に気をつけてね。君が捕まったら、私は本当に泣くよ？　サリールは珍しいから、捕まったらどうされるか分からないんだから……君の親も魔法使いに捕まったんでしょ？」

カナタが辛そうな表情でそう言うと、ルゥルゥも悲しそうな表情をして目を閉じた。

ルゥルゥは、カナタが子供の頃に、国の外れにある森の中で偶然拾った。その時ルゥルゥもまだ小さな子供で全身傷だらけの状態で、森の中で倒れていたのだ。

親が魔法使いに狩られて、ルゥルゥ自身も狩られそうになったが、必死で闇雲な瞬間移動を繰り返して、偶然アネイシス王国の中に辿《たど》り着いたのだ。そこで力尽き倒れたのを、カナタが見つけて保護をした。

酷い目に遭った後だったので、最初のうちはカナタにも敵意を向けて暴れ大変だった。カナタは手で触ったものの傷を治す、癒やしの術を使うことが出来た。カナタはルゥルゥの傷を治そうと、触ろうとするのだが、その度に引っかかれ噛みつかれて、カナタの手の方がボロボロになるほど、傷だらけになっていった。

それでも諦めずに、一生懸命にルゥルゥを治そうとするカナタの態度に、ルゥルゥも心を許したのだ。

今では互いになくてはならない存在になっている。カナタはルゥルゥを親友以上……兄弟のように思っていた。

カナタがそっとルゥルゥの頭を優しく撫でたので、ルゥルゥは目を開けてカナタを見つめた。

「カナタが捕まったら、ボクが全力で助け出すよ」

「頼りにしてるよ」

カナタがようやく笑顔になったので、ルゥルゥも目を細めて笑った。


夜になりカナタはルゥルゥと共に、指定された場所へ向かった。そこは織物工場の大きな建物だった。当然ながら、すでにその日の作業は終わり、工場には誰もいなくて静かだった。

「カナタ」

暗闇の中で呼ばれて、カナタは声の方へ足音を消して駆け寄った。そこには救出部隊の仲間が三人潜んでいて、カナタと互いに顔を確認し合い頷いた。

落ち合った三人は、リーダーのデニス、ヴェルナー、ローラントだ。デニスは四十歳で救出部隊では二十年も働いているベテランだ。イディア王国には五年前から潜伏していて、この国の事情にも精通していた。ヴェルナーは三十二歳で救出部隊には五年所属している。以前はアネイシス王国内で医療チームに携わっており、カナタと同じく途中で転職してきた。ローラントはカナタと同じ二十三歳だが、救出部隊には三年所属している先輩だった。

ヴェルナーとローラントは、カナタよりも少し早い一年前にイディア王国に配属されていた。

「こっちだ」

デニスが先頭に立ち、工場の中へと入っていった。四人は辺りを慎重に窺《うかが》いながら、中へと進み入った。たくさんの紡績機械が並ぶ中を、機械に身を隠しつつ奥へと進む。確かに奥の方から大勢の人の気配を感じた。

広い作業場を通り抜け、廊下へと続く扉をデニスが少し開けて室外を窺った。デニスは三人に手話で合図を送り、二手に分かれて天井裏へ行くように指示を出した。

カナタは隣にいたローラントと共に、上へ行ける場所を探して天井裏へ上がった。二人は音を立てないように、天井裏を進む。やがてぼんやりと明かりの漏れる場所を発見した。近づくと部屋の角にあたる部分にある通気口から、部屋の中を覗《のぞ》き込んだ。

部屋は割と広さがある。従業員の食堂か何かのようだ。

気配を感じてカナタが顔を上げると、カナタ達のいる場所の対角線上にあたる通気口の側に、デニスとヴェルナーの姿を確認した。

カナタは安心して、再び部屋の中を覗き込んだ。部屋の中には十人ほどの男達が立っていた。何かを話し合っているようだ。さらによく見ると、デニス達がいる方の辺りに、鎖で繋《つな》がれた子供達が、床に座らされているのが見えた。子供達は五人いた。

カナタはハッとして視線を上げると、隣にいるローラントと顔を見合わせた。

「大きな取り引きではなさそうだ」

ローラントが耳元で囁《ささや》いたので、カナタは頷いた。

十人の男達が売人と客で、恐らく今子供達の売値について交渉しているのだろう。

イディア王国内には国が定める正規の奴隷市場があり、国から認可を受けた売人が、ルールに則《のっと》って売買を行う。そこで奴隷として売られるのは、大抵が戦争で負かした国から連れてきた貧しい最下層の人々だった。同じ敗戦国の民でも、財産を持つ者はそれと引き換えに解放されるが、貧しい人々は奴隷として捕らわれてくるのだ。だから奴隷達はオメガばかりという訳ではない。ベータの場合が多い。

しかし性奴隷は別だった。オメガはほとんどが性奴隷にされる。理由のひとつはその姿が美しいというところにある。そしてオメガの特異体質である『発情』が、性奴隷に適任と思われていた。さらに数が少なく希少性があることから、高値で売買される。

イディア王国では、奴隷の売買は合法だが、十五歳未満の子供を性奴隷として売買することは禁止されている。

夜中にこんなところで隠れてする取り引きは、明らかに違法な性奴隷の売買だ。鎖に繋がれている子供達は全員オメガだろう。

オメガの奴隷は他の奴隷とは違い、親に捨てられ売られたか、攫われてきた者がほとんどだ。帰る家もなく逃げ出す気力も失われ、どんな酷い目に遭っても耐え続けるしかなかった。

「この人数なら我々だけで倒せないだろうか？」

カナタがローラントにそう囁くと、ローラントも頷いた。指示を仰ぐためデニス達に、懐から取り出した赤い小さな石を、魔力で光らせて点滅させた。

これは魔鉱石のかけらを精製したもので、僅かな魔力にも反応して光る。オメガは皆大なり小なりの魔力を持っている。魔法が使えるほどの強い魔力はなくても、この石を光らせることくらいは出来た。

隊員は皆これを携帯して、暗闇での連絡などに使用するのだ。

するとデニスの方からも、緑の光が数回瞬《またた》いて信号が送られてきた。カナタが『強行突入するか？』という問いを投げたのに対し、デニスから『作戦を練るので少し待て』と返ってきたのだ。

カナタとローラントは、息を潜めて指示を待った。

しばらくして再びデニスの方から、緑の光が数回点滅してきた。それはデニス達が廊下に回り、男達を一瞬引きつけるので、その隙にカナタ達が天井裏から男達の背後に降りて、挟み撃ちにして戦おうというものだった。

カナタは石を光らせて了承の合図を送った。デニス達がその場を離れるのを見送ると、カナタとローラントは、慎重に通気口の蓋《ふた》を外し始めた。

その時だった。突然廊下で騒ぎが起きた。カナタとローラントは驚いて顔を見合わせた。デニス達にしては早すぎる。今この場を離れたばかりだ。下にもまだ下りていないはずだ。

すると扉が勢いよく開き、仲間らしい男二人が、誰かを引きずって部屋の中に入ってきた。二人は見張りとして廊下に立っていた男だ。潜入した時デニスは彼らを確認したので、天井裏へ行くように指示を出したのだ。

「何ごとだ！　誰だそいつは！」

部屋の中は騒然としていた。売人のリーダーらしき男が怒鳴り声を上げる。

「忍び込んでいた怪しい奴《やつ》を捕らえました！」

連れてきた男がそう言うと、捕らえられた男が顔を上げてリーダーを睨《にら》みつけた。

「子供の性奴隷売買は違法だ！　こんなことをしていいと思っているのか！」

男がそう叫んだが、売人たちは無視をして話している。

「仲間はいるのか？」

「いえ、たぶんこいつ一人だと思います」

「ならば面倒だから殺すか」

「いや、こいつはよく見たらアルファだ。ここで殺すともっと厄介だ。殺すなら国外に連れ出してやろう。とにかく見られたからには殺すしかない」

「念のため先に商品をここから連れ出せ、取り引きは一旦中止だ。おい、お前らさっさと商品を連れてアジトに戻れ！」

リーダーの指示で、手下の男が四人で鎖に繋がれた子供達を、外へと連れ出した。


「ルゥルゥ！　デニス達の様子を見てきて！」

カナタが小声でそう言うと、ルゥルゥがポンッと空間に姿を現した。

「了解！」

ルゥルゥはそう言ってまたさっと姿を消してしまった。

カナタは突然の展開に動揺しながらも、下の様子を見続けていた。

下ではさらに動きがあった。リーダーの男は、取り引き中止になって怒りだした客人を宥めながら、彼らを安全なところまで送ると言って、部下と共に去っていった。

部屋には捕らわれた男と、見張りとして残された部下が一人いる。

「カナタ」

ポンッとルゥルゥが姿を現した。

「デニスが子供達を追うって言ってた。アジトに戻る前に助け出そうって。先に行くからすぐに後を追うようにって」

「分かった。カナタ、行こう」

ローラントがそう言って移動しようとしたが、カナタが返事をしないので、不思議に思い振り返った。

「カナタ？」

「あの人を放っておけないよ。連中は殺すって言っていたし……今も黙らせるため殴られてる。私は彼を助けるから、ローラントはデニス達に合流して」

「カナタ」

「ルゥルゥ、ローラントを工場の外まで連れていってあげて」

「分かった」

「え？　待って……オレは……瞬間移動は苦手で……」

ルゥルゥは頷くと、慌てるローラントをよそに背中に乗っかって、そのままシュンッとローラントと共に姿を消した。

カナタは通気口の蓋を外すと、部屋の中を覗き込んだ。中では見張りとして残った男が、捕らえた男に殴る蹴るの暴行を続けていた。リーダーから、騒げなくなるまで痛めつけるように指示をされたからだ。

捕らえられた男は、両手を後ろ手に縛られて身動きが出来ず、されるがままに殴られ続けていた。

カナタは気配を殺し、すっと部屋の中に降りた。

男の背後なのでまだ気づかれていない。男の側まで近づくと、男の足を払うように蹴りつけた。

「うわっ！」

男は暴行のために相手を蹴り続けていたので、支えにしていた片足を払われて、簡単にひっくり返ってしまった。床に倒れた男の鳩尾《みぞおち》に、カナタは肘鉄を打ち込み、さらにそのままの流れで、首を両手で抱えると、脇を締めてぐっと力をかけた。一連の動きは流れるような速さで行われ、倒された男は一体何が起きたのか分からないまま、首を絞められて気を失ってしまった。

カナタは男から離れて立ち上がると、側で倒れている捕らえられた男に歩み寄った。

「大丈夫ですか？」

声をかけたが返事はなかった。だが顔を歪《ゆが》めて苦し気に唸《うな》っているので、まだ意識はある。体中容赦なく何度も蹴られ、顔も殴られて酷い状態だった。

カナタは男の両手を縛っているロープを解くと、

そのロープで倒れている売人の手下を縛り上げた。

「カナタ」

そこにルゥルゥが現れた。

「ローラントは？」

「無事に工場の外に連れ出したけど、気持ち悪いって言って吐いてた。ああ、でもすぐに走ってデニスを追いかけたから大丈夫だと思うよ」

「ルゥルゥとの瞬間移動は訓練しないと、普通の人は目を回すからね」

カナタはクスリと笑いながら、ロープが解けないようにさらにきつく縛り上げた。

「ルゥルゥ、悪いけど私とこの人の二人を一度に瞬間移動させられる？」

「出来ないことはないけど……その人の体は大きいし、二人を一度に運ぶなら遠くには行けないよ？」

「いいんだ。工場の外なら……たぶん連中がこの人を殺すために戻ってくるから、ここから早く連れ出さないと」

「分かった。じゃあその人はカナタがしっかり摑んでいてね」

カナタは頷くと、倒れている男の上半身を起こして、両腕でしっかりと体を抱きかかえた。

「ルゥルゥ、いいよ」

「じゃあ行くよ。たぶん三回くらいジャンプすることになるから、しっかり捕まえててね」

ルゥルゥはそう言うと、カナタの肩に乗って、次の瞬間その場からカナタ達と共に姿を消した。

「とりあえずこの辺で良いかな？」

ルゥルゥに言われて、カナタは辺りを見回した。

「ここは？」

「公園だけど……たぶん工場からそんなには離れていないよ」

「ありがとう……ルゥルゥ、体は大丈夫？」

「うん、ちょっと疲れたけど平気。それよりその人は死にそうだけど大丈夫？」

「たぶん……内臓は傷ついてないみたいだし、骨も折れていないから、私が治療すれば大丈夫だと思う」

カナタはそう言って、腫れあがった男の顔に手を当てた。顔に触れた瞬間、ビリッと静電気が起きたような、不思議な痺れに似た感覚がして一瞬手を離したが、今は治療に集中しなければと気を取り直して、再び顔に手を添えた。しばらくするとゆっくり腫れが引いていき、赤黒く内出血した目の周りや口元も、綺麗になっていった。

カナタは腫れの引いた男の顔を見て、一瞬どきりと心臓が跳ね上がった。とても綺麗だったからだ。アルファだから当然かもしれないが、太くて形の整った金色の眉毛に、筋の通った高い鼻、口の大きさも程よく、すべてが端正に整っていた。

美形な人を見て、ドキドキするなんて自分らしくないと思った。美形ならいくらでも今まで見慣れている。オメガの多いアネイシス王国は、美形ぞろいだし、仲間のデニス達だって皆美形だ。

この国でも、アルファはたくさんいて、皆美形ぞろいだ。

なのになぜこんなにもこの男の容姿に惹かれるのだろうか？　ひどく胸がざわついた。

「カナタどうしたの？」

動きの止まっているカナタに、ルゥルゥが不思議そうに声をかけた。

「あ、いや……なんでもないよ」

カナタは慌てて気を取り直すと、男の胸と腹に両手を添えて、癒やしの力を使った。男は顔の腫れが引いたおかげで、呼吸が楽になったのか、唸らずに静かに息をしている。

「ん……」

男が意識を取り戻した。目を開けてしばらくぼんやりと空を見つめていた。だが次第に意識がはっきりしてきたらしく、突然ハッとした表情に変わり、がばっと体を起こした。

「あっ……痛っ……いたたた」

男は腹と腰を押さえながら、顔を歪めて唸った。

「まだ完全に治療は終わっていませんから、急に動くとあちこち痛めますよ」

カナタが声をかけると、初めてその存在に気づいたのか、とても驚いた顔でカナタを見つめた。

「君は？　ここは一体……」

「紡績工場の近くの公園です。動けそうなら早く逃げてください。あの男達はあなたを殺すつもりです。見つからないうちに早く」

カナタは立ち上がると、早口でそう告げた。

「君が助けてくれたのか？　でも一体なぜあそこに？　もしかして君も奴隷売買を調査しにきたのか？」

「さようなら」

カナタは男の問いかけには一切答えず、ルゥルゥを胸に抱きしめると、そのまま一瞬で姿を消してしまった。

「あ！　待って！」

男は慌てて立ち上がり、辺りをキョロキョロと見渡した。

「消えた？」

男は呆然とその場に立ち尽くした。


カナタがデニス達の下に駆け付けると、彼らはすでに売人たちを倒し終わったところだった。

「遅れてすみません」

「いや、ローラントから事情は聞いている。それで向こうは大丈夫だったのか？」

「はい、あの男性は工場の外に逃がして傷の手当をしたので、たぶん大丈夫だと思います」

「よし、それじゃあ子供達を運ぼう」

デニスがそう言うと、ちょうどヴェルナーとローラントが、子供達の手から鎖を外し終わったところだった。

「さあ、もう大丈夫だよ。私達が君達を安全な場所に逃がしてあげるからね」

ヴェルナーとカナタが子供達と一緒に馬車の荷台に乗り込み、デニスとローラントが御者台に乗ると、一行は急いでその場を立ち去った。

馬車の去った後には、ボコボコに殴られた売人達が、子供達を繋いでいた鎖で縛られて、道の端に転がされていた。

馬車の中でカナタは、助け出した子供達を見守っていた。子供達はとても怯えた顔でカナタ達を上目遣いに見つめている。

カナタもヴェルナーも、微笑みを浮かべて子供達を安心させようと試みたが、もちろんそれくらいのことで子供達が安心するとは思っていない。彼らは連れてこられる前に、すでにとても酷い目に遭わされているはずだ。大人はすべて敵だと思っているし、自分達に虐待をすると思っている。

今だって一緒にいる相手が、奴隷売人から別の怪しげな大人達になったというだけで、何も変わっていないと思っているはずだ。これからどこに連れられていき、今度は誰に売り飛ばされてどんな仕打ちを受けるのだろうとただ怯えている。

カナタが救出部隊に所属してから、こうして実際に子供達を救い出すのは三度目だ。過去の二回も最初は同じような感じだった。子供達は一様に怯えて大人に対し不信感を持っている。

最初は、救い出せばきっと安心してくれるだろう、泣いて助かったと喜んでくれるかもしれないなんて、甘い期待を寄せて張り切って仕事をした。しかし現実は違った。子供達は怯えたままだ。救い出しても子供達の救世主にはなれない。

だけどカナタは知っている。人間らしい暮らしによって、子供らしい心を取り戻したら、過去を思い返した子供達が皆、救出してくれた隊員達に心から感謝することを。

だから今は別に喜ばれなくても構わない。いつかこの子達が助けてもらって良かったと思える日が来ることを期待して、ひたすら任務をこなすだけだ。

しばらくして馬車が止まった。カナタとヴェルナーは荷台の幌布《はんぷ》をめくって、外の様子を窺った。

「馬車を乗り換える」

デニスが現れてそう告げたので、カナタとヴェルナーは頷き合うと、子供達を荷台から降ろして、用意されている別の馬車に乗せ換えた。

ここまで乗ってきた馬車は、売人達の馬車だ。下手に足がついて、救出部隊の隠れ家を探し出されても困る。仲間が用意していた馬車に乗り換え、待機していた仲間が代わりに売人の馬車に乗ると、来た道を戻っていった。どこか遠くで乗り捨ててくる手はずだ。

子供達は乗り換えた馬車の荷台の中で大人しく身を寄せ合って座っている。もう彼らを縛る鎖はないというのに、カナタ達の言う通りに大人しく従っていた。逃げようと思えば逃げられるのに、彼らがそうしないのはすでに今までの経験で、ろくな目に遭わされないと分かっているからだろう。

それに逃げる気力も体力ももうないのかもしれない。彼らはひどく痩《や》せているし、体には鞭《むち》で打たれたような傷跡がたくさんあった。

「私達はこの国で奴隷にされているオメガを救い出す活動をしている者なんだ。私も彼も君達と同じオメガなんだよ」

沈黙を破ってカナタが子供達に話しかけた。自分達の馬車に乗り換えて、ここまでくれば追っ手の心配もなくなったから、カナタ自身も少し安心して余裕が出来たのだ。

子供達は少しばかり驚いたような顔をしている。

「これから君達を我々の隠れ家に連れていく。そこでしばらく体を癒やして、元気になったらこの国を脱出しよう。信じられないかもしれないけれど、決して悪いようにはしないから」

カナタはそう言うと、すぐ目の前に座る少年の手を掴んだ。少年はびくりと体を震わせて身を固くした。

「縛られていた跡だね……痛いだろう？」

カナタはそう言って、少年の赤く擦り剝《む》けた手首を、そっと包むように両手で握り込んだ。カナタの手から癒やしの魔術がかけられて、みるみる傷が消えていった。

「他に痛いところはない？」

カナタが優しく尋ねると、少年はぶるぶると激しく首を振って、綺麗になった自分の手首を、目を丸くして見つめていた。隣にいた子供も驚いて見ている。

「ああ……爪が剝《は》がれているじゃないか……痛いだろうに」

カナタは別の少年の足を見てそう呟くと、その足も癒やしの術で治療をした。

子供達一人一人に優しく声をかけ、手で触れて傷を治療していくうちに、次第に子供達の表情から怯えの影が消えていった。

カナタの手は、とても柔らかくて温かい。こんな風に人から触れられるなど、子供達にとってはずいぶん久しいことのようだ。

ヴェルナーはそんな様子を黙って見守っていた。

やがて馬車が停止した。

「着いたようだね」

ヴェルナーがそう言って、外の様子を確認した後、先に馬車を降りた。

「着いたよ。みんな馬車を降りてください」

カナタが子供達にそう言って、馬車から全員を降ろした。

辺りは真っ暗で何も見えなかったが、道が途中から整備されていないデコボコした土の道に変わったことは、馬車の揺れから想像出来た。一時間も馬車に揺られたのだ。城下町を出て郊外の田舎《いなか》まで来ているのだと思われた。

真っ暗な中、一軒の家の灯《あか》りだけが目立つ。

ローラントが先に、灯りのついた家まで走っていった。カナタ達は子供達を誘導しながら、ゆっくりと家へ向かう。

「大丈夫そうか？」

デニスがそっとヴェルナーの耳元で囁いた。

「カナタのおかげで、少しは緊張が解けたようです」

ヴェルナーがそう答えたので、デニスは安堵したように頷いた。

ぞろぞろと子供達は大人しく従って、カナタ達と共に歩いていった。家の玄関は大きく開けてあり、子供達を招き入れた。

「ようこそ、みんなよく来たね」

隠れ家には仲間が三人いた。こうしてカナタ達が救出してきた子供達を、しばらくの間この隠れ家で休ませて世話をするのが彼らの仕事だ。

「とりあえず皆お風呂に入ろう」

隠れ家のリーダーであるフリーダがそう言って、仲間に指示して子供達を家の奥の風呂場へと連れていく。フリーダは年配の（年齢は聞いていない）明るく元気な女性だ。みんなのお母さんのように慕われている。もっとも本人にそう言うと「お姉さんでしょ？」と怒られるのだが……。

「デニス、ヴェルナー、ローラント、カナタ、ごくろうさま。今回は大勢だったわね」

「オメガは希少なはずなのに、よくもまあこんなにたくさん集めてくるものだと感心するよ」

デニスが苦笑しながら、胸ポケットからタバコ入れを取り出して、一本口に咥《くわ》えた。火をつけようとしたら、フリーダがそれをすっと摘《つま》んで取り上げる。

「ここは禁煙よ」

「分かったよ、外で吸ってくる」

デニスは苦笑して、タバコを返してもらうと、家の外に出て行ってしまった。

「さあ、お茶を淹《い》れるから、貴方達も少し休みなさい。今日はここに泊まると良いわ」

フリーダがそう言ってキッチンへ向かったので、

カナタ達もダイニングに移動して、バラバラと大きなダイニングテーブルを囲むように、自由に座った。

「そういえばあのアルファの男は、一体何者だったんだろう？」

ローラントが思い出したように言ったので、ヴェルナーがクスリと笑った。

「見張りに見つかって捕まったのはドジだけど、オメガを助けにきたみたいだったし、ちょっと変わった人だね」

ヴェルナーがそう言ってカナタを見た。

「何か話をしたのかい？」

「え？　いや……こっちを詮索されると困るから、彼の意識が戻ったのを確認して、そのまま放ってきて……何も話していません」

カナタは少し赤くなって答えた。赤くなったのは、あの男の顔を思い出したからだ。柔らかな金髪の綺麗な顔の男性だった。やはりアルファは違うなと思った。

「なんで赤くなってるんだ？」

ローラントが不思議そうに尋ねたので、カナタは慌てて自分の頬を両手で触った。

「べ、別に……赤くなっていませんよ」

「アルファの男の話？」

そこへフリーダがお茶を持ってやってきた。カナタ達の前にカップをひとつずつ置いていく。ミルクティから湯気が立ち、少し蜂蜜の甘い香りが漂う。

「ルゥルゥちゃんもいるんだろ？」

フリーダはそう言って、カナタのカップの横に、ホットミルクの入ったカップを置いた。

「いるよ！　フリーダ、ありがとう」

ルゥルゥがポンッと姿を現し、テーブルの上に降りたので、フリーダは嬉しそうに頷いた。

「奴隷売買の取り引きがあった場所に、アルファの男が乱入したんですよ。ああ、乱入という言い方は違うか……たぶん彼も忍び込んで様子を窺っていたんだろうけど、売人に見つかって捕まったんだよ。

おかげでオレ達の作戦が変更になった」

ローラントがそう言って肩をすくめてみせた。

「でも結果として、子供達を救い出しやすくなったから良かったじゃないか」

ヴェルナーが擁護すると、「まあそれもそうだけど」とローラントが呟いて、ミルクティを飲んだ。

「この国のベータの中には、奴隷制度はともかく、子供の性奴隷売買には反対している人達がいるから、アルファの中にもそういう奇特な人がいるのかもしれないわね」

フリーダの話を、カナタはミルクティを飲みながら黙って聞いていた。本当にあの人が、オメガの味方なのだろうか？　そんなことを考えた。

「さあ、皆さっぱりしたよ」

そこへ風呂からあがった子供達を連れて、仲間が戻ってきた。部屋中に柔らかな石鹸《せっけん》の香りが漂う。

子供達は真新しい木綿のパジャマを着せられて、温かいお湯に浸《つ》かっていたせいか、頬が上気してみんなとても血色よく見えた。

「みんな座って」

フリーダの指示で、子供達はダイニングテーブルにつかされた。カナタ達は立ち上がり、子供達に場所を譲った。

「お腹が空いているかもしれないけど、もう遅い時間だからスープだけだよ。これを飲んで今夜はもう眠りなさい」

フリーダはそう言って、子供達の前にスープ皿を置いた。小さく切った芋とベーコンの入ったクリームスープだ。温かな湯気と共に美味《おい》しそうな香りが立ち上る。

子供達は、じっとスープを見つめていた。

「食べないのかい？　毒は入っていないよ」

フリーダがわざとからかうように明るく言った。すると子供達はお互いに顔を見合わせながら、一人が恐る恐るスプーンを手に取ると、それを真似《まね》て他の子もスプーンを手に取った。一口、一口、まだ警戒しながらも食べ始めた。

　美味しいのは間違いないので、子供達はあっという間にスープを飲み干してしまった。温かな美味しいスープなど、久しぶりに飲んだのかもしれない。皆の顔が自然と明るくなった。

　それを見守りながら、カナタ達は満足そうに微笑んだ。

「さあ、食べ終わったなら、今日はもう遅いから寝なさい。明日の朝ご飯は、もっと食べさせてあげるからね」

　フリーダに言われて、子供達は大人しく立ち上がると、世話係のノーラとケビンに連れられて二階の寝室へ向かった。

「あ……ありがとう」

　去り際に一人の少年が、振り返ってフリーダに向かってそう言った。

「おやすみ」

　フリーダは笑顔で答えた。

　カナタは、あの子達が一日も早く笑顔を取り戻せるようにと、心から祈った。


　その日、カナタは男を尾行していた。性奴隷売買の仲介人だという情報を掴んだからだ。その男の行き先から、売人や取り引き現場などの手掛かりが掴めるかもしれないと思った。

　だが尾行するうちに、もう一人怪しい男が現れた。その男は明らかに、カナタが尾行している男の後を追っている。尾行のつもりのようだが、隠れ切れていないし、服装も怪しげだし、あれでは逆に目立って男に感づかれてしまいそうだ。

　現に尾行していた男が急に速足になった。気づかれてしまったようだ。

「まずいな」

　カナタは呟くと、素早く動いた。怪しい男の背後に近づくと、ぐいっと思いっ切り腕を引いて、建物

の陰に引きずり込んだ。

　バンッとその男の体を壁に押し付けて、首元にナイフを突きつける。

「何者だ？　なぜあの男を尾行している」

　カナタはわざと低くくぐもった声で、男を脅すように尋ねた。

「ま、待ってくれ、誤解だ。私は別に尾行などしていない。ただの通りすがりだ」

「嘘《うそ》を吐け。帽子を目深にかぶり、冬でもないのにコートを着て襟を立て、マフラーで口元を隠すなんて、明らかに怪しいだろう」

「え？　そ、そんなに怪しいか？」

「は？　何を言ってる……」

　カナタが眉間にしわを寄せて、さらに問いただそうとした時、突然カナタ達のいる路地に、若い男が飛び込んできた。

「おい！　何をしている！　ユリウス様から離れろ！」

　男はそう叫ぶなり、カナタに殴りかかってきた。

　カナタはそれをひらりとかわすと、トンッと後ろに飛んで、殴りかかってきた男の背後に回った。

「この野郎！」

　男は大きく空振りしたせいで、体勢が崩れて前のめりによろめいた。咄嗟に懐から小型の拳銃を取り出して、カナタに銃口を向けたが、カナタはクルリと体を反転させながら、回し蹴りをして拳銃を蹴りあげた。

「うわっ」

　男の手から離れて、宙に飛んだ拳銃を、もう半回転ほど回りながら、蹴りあげたもう一方の足の踵《かかと》を使って、トンッと軽く弾くと、拳銃はカナタの手元に飛んできた。それをキャッチして、手の中で回転させながら、グリップを摑み人差し指を引き金にかけた。銃口が若い男に向けられたのに気づき、ユリウスと呼ばれていた怪しげな男が慌てて間に立ちふさがった。両手を広げて若い男を庇《かば》う。

「ま、待ってくれ！　撃たないでくれ！」

ユリウスはそう言って、帽子もマフラーもコートも脱ぎ捨てた。緩いウェーブのかかった金髪が現れる。

「すまない、許してくれ。彼は関係ない。撃たないでくれ……あれ？　君は……」

ユリウスは改めてカナタの顔を見るなり、驚いたように目を見開いた。カナタもユリウスの顔を見て驚く。それは先日、紡績工場に乱入してきたアルファの男だった。

「君は……この前私を助けてくれた人だよね!?　探していたんだ！」

嬉しそうにユリウスが叫んだので、カナタは啞然《あぜん》として構えていた銃を下ろした。

カナタは、困惑した様子で目の前に座る二人の男を交互に見つめ、そのまま視線をテーブルの上に落とした。

なぜこんなことになっているのか、カナタには分からない。

仲介人の男を尾行していたら、尾行の下手な変な男が現れて邪魔をされた。その者を尋問しようとしたら、仲間が現れて乱闘になり、そうしたら尾行の下手な男は、先日紡績工場で捕らわれていたアルファの男だと分かった。彼はカナタが自分を助けてくれた者だと気づき、どうしても話がしたいと強引に二人掛かりで近くのカフェに連れてこられた。そして今に至る。

カナタとしては、これ以上彼と関わりたくなかった。アネイシス王国から、任務を負って潜入している諜報員なのだ。この国の人間に擬態している状態で、誰かと仮の親しい関係を作るならばともかく、オメガ救出という任務に関わる現場を知られた相手と、これ以上顔見知りになる訳にはいかないのだ。

あの状況で、強引に逃げ出すことは可能だった。それなのになぜ彼らと共に来てしまったのか？　自分でも困惑している。カナタ自身が、このユリウスという名のアルファに、興味を持ってしまっているせいかもしれない。

注文した紅茶が運ばれてきて、三人の前に並べられた。

「お待たせしました」

店員が去って、ユリウスは念のために辺りを見回して、もう誰もこのテーブルに近づく者がいないことを確認すると、嬉しそうな顔でカナタを見つめた。

「貴方はこの前紡績工場で、売人達に捕まった私を……」

「あの！」

カナタは顔を上げると、わざと少し大きな声を上げて、ユリウスの言葉を制した。

「その件についての話ならば、こんな公共の場で口にすることは止《や》めていただけませんか？　私も貴方も、人に聞かれて良い話ではありません。どうしてもというなら……もっと言葉に気をつけてください」

カナタは眉間にしわを寄せながら、声のトーンは落としながらも、厳しい口調で注意した。

「お前失礼だぞ！　この方は……」

「アルファでしょ？　分かっています。だけど今はそんなことを言っている場合ではありません。いくらアルファでも、もう少し気を配っていただかないと……」

「しかし！」

「コリン！　いいんだ。彼の言う通りだ。私の気遣いがなかった。申し訳ありません……まずはご挨拶《あいさつ》が先でした。失礼しました。私はユリウス……ユリウス・キルヒマン。貴族ですが、大学で講師の仕事をしています。彼はコリン。私の従者です」

「私は……カナタと言います」

カナタは仕方なく名乗った。それ以上の自己紹介はするつもりはない。

「カナタさんは学生さんですか？」

「いえ」

「この前は助けていただきありがとうございました。おかげで私はこうして無事に生きています。貴方に助けていただかなかったら、もうこの世にはいないでしょう」

「いえ」

カナタは言葉少なに返事をしながら、紅茶を飲んで誤魔化《ごまか》していた。出来ればさっさと去りたかった。

「あの……貴方が無事で良かったです。お礼はもう十分ですから……私はこれで」

カナタは懐から小銭入れを出して、紅茶の代金を置いて去ろうと思ったが、その様子にユリウスは慌てたように引き留めた。

「待って……待ってください。もう少しだけ話をさせてください」

ユリウスが申し訳なさそうな顔でそう言ったので、カナタは仕方なく座り直した。こんなに腰の低いアルファは初めてだとカナタは驚いていた。

母国アネイシス王国に住むアルファは、国の教育方針から国民全員が平等だと教わって育ったし、国ではアルファを特権階級にもしていないので、威張っている者はいないのだが、一般的にアルファは高い地位にある優良種のため、世界中どこの国でも威張った存在という印象だ。

特にこの国では、王族も上流階級もすべてがアルファで占められている。絶対権力を持っているアルファ達が威張っていない方が珍しいくらいだ。

だから目の前の物腰が柔らかく愛想のいいアルファなど、珍獣扱いしたいくらいに珍しいと思う。ユリウスの隣でキャンキャン吼《ほ》えている子犬の態度が、本来正しいはずだ。いや、従者を隣に座らせるのも珍しい対応だろう。彼はどう見てもベータで、それも肌や顔立ちから、この国の人間ではない。

「貴方を探していたのは、助けてくれたお礼を言いたかったこともありますが、もうひとつ確認したいことがあったのです。それは……あの場所に貴方がいたということは、私と同じ目的を持つ人なのではないかということです。そしてさっきも……私の行動を見ていたということは、貴方も私と同じことをしていたのではないですか？」

ユリウスはとても穏やかな口調で、言葉を選びながら話をしている。カナタはその問いにすぐには答えることが出来ず、表情を硬くしたままじっとユリウスを見つめた。

「ああ、もちろんこれはとても繊細な問題です。私を信用できなければ、下手に話せることではないですよね……信じてもらえるかどうか分かりませんが、私はあのようなことが……その……」

ユリウスはそこまで言いかけて、辺りをキョロキョロと見まわし、近くに誰もいないことを確認すると、少し前のめりになって小さな声で話を続けた。

「子供を売買することにとても怒りを覚えています。それにオメガを差別し、奴隷にすることも……なんとかして阻止出来ないかと活動しているのです。私には色々な情報網があるので、あのような現場を探し出すことは、それほど難しくはありません。ただ阻止するだけの力はありません。でも貴方はとても強いし……特殊な訓練を受けているように見える。仲間がいるのですよね？　もしかしてレジスタンスですか？」

カナタはユリウスの話を聞きながら、益々《ますます》眉間にしわを寄せた。そして呆《あき》れ気味の表情になっている。

「私と組みませんか？」

カナタの様子に気がついていないのか、さらにそう言葉を続けたので、カナタは大きな溜息を吐いた。

「貴方はそうやってベラベラと、私に話していますが、もしも違っていたらどうするつもりですか？　あのような場所にいたからといって、同じ目的だとは限らないでしょう？　百歩譲って違法を取り締まる役人や警察だった場合、子供の売買を取り締まるという目的は同じだとしても、今貴方が発言した言葉は……オメガを擁護する発言は、重大な問題ですよ？　工場でもまんまと捕まっていたし、さっきも尾行が気づかれていたし……今もこうして迂闊《うかつ》な発言をする。そんな貴方を信用すると思いますか？」

カナタは淡々と述べた。冷たい口調で、無表情で責めるように言ったが、ユリウスは表情を変えずに聞いている。むしろ隣に座るコリンの顔が、みるみる赤くなっていた。

「お前！　黙って聞いていれば無礼にもほどがあるぞ！」

コリンはガタンと激しい音を立てて立ち上がり、真っ赤な顔でカナタを怒鳴りつけた。

「本当のことを言ったまでです。私はもう用はありませんから、これで失礼します」

今度こそカナタは帰ろうと立ち上がった。そのカナタの左手を、ユリウスがぎゅっと握ったので、カナタは驚いて目を丸くした。

「すべて貴方の言う通りだ。私は貴族で世間知らずだ。さっきも言ったように、私には阻止する力がないことは十分分かっています。でも彼らを助けたいという気持ちは本当です。そして私は貴方を信じているから、すべてを話したのです。情報はいくらでも提供しますから、どうか私と手を組むことを考えてみてください。きっと貴方の役に立ちます」

ユリウスは真っ直ぐにカナタを見つめていた。その瞳にはまったく曇りがなかった。カナタはユリウスを見つめ返したまましばらく考えた。

「分かりました。少し考えてみます」

カナタは無表情でそう答えると、ユリウスの手を解いて、テーブルの上にコインを置くと、そのまま振り向きもせずに去った。


「なんなんだよ！　あいつは！」

コリンは真っ赤な顔で怒り続けている。

「コリン、静かにしなさい……私達ももう出よう」

ユリウスはコリンを窘《たしな》めると立ち上がった。

カフェを出て辺りを見回したが、もちろんもうどこにもカナタの姿はなかった。

「コリン、今日はもう家に帰ろう」

ユリウスにそう言われて、コリンはまだ怒っていたが、辻馬車を止めてユリウスに乗るよう促した。

馬車に揺られながら、ユリウスはぼんやりと窓の外を眺めていた。ふと視線を向かいに座るコリンに向けると、コリンは険しい表情で腕組みをして、目を閉じながら何か考え込んでいるようだ。

「まだ怒っているのかい？」

ユリウスがおかしそうに笑みを浮かべて言ったので、コリンはパッと目を開けると、「当たり前です！」ときっぱり言った。だがその答えに、ユリウスがクスクスと笑うので、コリンは少し気が抜けたように啞然とした顔をした。

「あんな無礼な態度を取られたのに、なぜユリウス様は怒らないのですか？　そればかりか手を組もうだなんて……あんなどこの馬の骨とも分からない奴を」

「彼はあんな態度を取っていたけど、すべては私のためなんだよ。彼はとても優しい人なんだ」

「は？」

コリンはポカンと呆気《あっけ》に取られたようにユリウスを見つめた。

「あんな風に言って、私にもうこれ以上深入りするな、危険だと警告してくれているんだよ」

「な、なぜそんなことが言えるのですか？　人が良いにもほどがありますよ」

「コリン、私はね、あの日以来ずっと彼のことを考えていたんだよ。ずっとね」

ユリウスはそう言ってニッコリと笑った。

「あの日彼には仲間がいたはずなんだ。あの工場のどこかに、仲間と共に潜んでいた。私が捕まってしまったことで、取り引きが中止になりオメガの子供達は売人達が連れ去ってしまって、売人のリーダー達も去ってしまった。工場には縛られた私と、見張りが一人だけ残っていた。それを彼が助けてくれたんだよ。彼は仲間と別行動で、私を助けるために残ってくれたんだ。自らの危険も顧みず……」

ユリウスの話を聞き終わったコリンは、腕組みをしたまま納得がいかないという顔をしている。

「なぜ仲間がいたと言えるのですか？」

「だって翌朝、オメガの子供達を連れ去った売人達が、路上に縛られた状態で発見されたんだよ？　あの時潜んでいた彼の仲間が後を追って、子供達を救出してくれたんだ」

自分の手柄のように嬉しそうに話すユリウスを見て、コリンは益々呆れてしまった。

「私は彼のことが……カナタさんのことが気になって仕方がないんだ。だって神秘的だろう？　あんなに清楚《せいそ》で美しいのに、ベータだなんて……身体能力も優れているし頭も良い……ああ、別にベータをばかにしている訳ではないんだ。ただ彼が特出しているという意味だ」

「分かりますよ。確かにベータらしくない。彼が強いことは否定しません。見かけによらず……オレより背も低いし、腕や足も細いのに……全然敵《かな》わなかった……オレはユリウス様を守るためもっと鍛えないと」

素直に負けを認めるコリンを、ユリウスは微笑みながら見つめていた。

「顔が美しいのは、親がアルファかオメガではないのですか？」

「そうだね」

「……ユリウス様はあのような顔が好みなのですか？」

「別に……私は顔の美醜には、あまりこだわりはないんだよ」

『でもなぜこんなに彼のことばかり気になるのだろう』

ユリウスはぼんやりと考えていた。

馬車は城下町のはずれにある屋敷の敷地内に入っていった。車寄せに馬車が止まり、ユリウスとコリンは馬車を降りて屋敷の中に入った。

その様子を木の陰から見つめる人の姿があった。

馬車の後を尾行してきたカナタだ。

「なんであの男の家なんか尾行したの？」

ルゥルゥが姿を現して、カナタの肩の上に乗ってそう言った。

「デニスに相談する前に、彼の身元を調査した方が良いでしょう？」

「え？　まさか彼が言っていたことを本気にしたのかい？　あんなドジで頼りない奴のこと……情報網なんて本当にあるのか怪しいよ」

カナタは木陰から離れて、ゆっくりと城下町へ向かって歩き出した。

「紡績工場も、今日の仲介人の尾行も……彼が突きとめていたのはすごいと思うよ。どちらも情報を得るのに、私達はずいぶん時間を要した。彼がただの素人なら、簡単に探り出せるものじゃない。確かな情報源を持っているんだ。それに彼はとても勇気があるよ」

「え？」

「紡績工場で捕まった時、彼は一言も命乞いをしなかった。あんな不利な状況でもオメガの子供達を助けようとしていたし、今日だって……銃口を向けた私の目の前に立ちはだかったんだよ。従者を命懸けで守ろうとするアルファなんて初めて見たよ」

カナタはそう言うと思い出したようにクスクスと笑った。

「アルファとしては変人なんじゃない？」

「そうだね……あんな人は初めてだ」

カナタはユリウスの顔を思い浮かべながらしみじみと呟いた。


カナタは公園のベンチに座り、手帳を広げてメモを整理していた。ユリウスの調査書だ。彼の家のこと、勤め先の大学、彼の友人、交友関係などを調べた。

「ユリウス様のことを探っているのか？」

声をかけられたので、ハッとして顔を上げると、目の前にコリンが立っていた。

「よく私が分かったね」

カナタは冷静を装って答えた。

「よく言うよ、大学の近くの公園で、隠れもせずに堂々といるのに」

コリンが苦笑したので、カナタは何も答えずにコリンを見つめた。

「あの人は信用に値する方だ。オレが保証する。本当に奴隷制度をなくしたいと思っていらっしゃるんだ」

「アルファなのに信じろと？」

「……オレは奴隷だったんだ。見て分かるだろう？　オレは他国の人間だ。戦争に負けて、オレの家は貧しい農家で……提示された身代金が払えずに、一家全員奴隷にされた。オレはまだ小さかったから家族と離されて売りに出されたんだ。それをユリウス様に買われて、奴隷にはされず……オレに家庭教師をつけてくれて勉強をさせて、執事見習いとして側においてくださったんだ。オレの家族も探し出してくれて……オレはあの方には返しきれないほどの恩がある」

「ならば君がもっとしっかりして彼を守るべきだ。工場でも一緒にいたんだろう？　なぜ彼が捕まった時助けなかった」

「オレはユリウス様の指示で、あの時工場の反対側で裏口を見張っていたんだ。ユリウス様が捕まったことを知らなかった。それに……」

「それに？」

コリンは何か言い淀《よど》んでいた。眉根を寄せて唇を嚙み、しばらく悩んだ末に言葉を続けた。

「それに本当は、ユリウス様はすごい魔法が使えるんだ。アルファの中でもユリウス様は特別で……ユリウス様が本気を出せば、あの場にいた連中を一瞬で倒せるくらいの力があるんだ」

それを聞いて、カナタは怪訝《けげん》そうに眉根を寄せた。

「ならばなぜその力を使わなかった？　彼はリンチを受けて死にかけていたんだぞ」

「ユリウス様はそういう人なんだよ。たとえ相手が悪者でも、人を傷つけるのが嫌なんだ。人を傷つけるくらいならば、自分が傷つけられる方がマシだと……そう思うような人なんだ。オレはその場にいなかったから、くわしくは分からないけど……ユリウス様が捕らえられた時、その場にはオメガの子供達もいたんだろう？　だったらその子達まで巻き込んでしまうと思ったのかもしれない」

カナタはコリンをじっと見つめたまま沈黙していた。コリンは憮然《ぶぜん》とした様子で、見つめるカナタを睨み返すように見ていた。睨めっこのような状態がしばらく続いた。

「君は私のことを信用できないと思っているのに、なぜそんな話をしてくれたの？」

カナタは冷静な態度で、コリンに尋ねた。

「ユリウス様が……あんたのことを信用するって言うんだ。あの人はとても優しい人だって……ユリウス様があんたを信用しているのに、あんたがユリウス様のことを誤解しているなら悔しくて……だから……」

「ありがとう。参考にさせてもらうよ」

カナタはそう言って手帳を懐に仕舞うと立ち上がった。

「ただ……あの人と組むかどうかの決定権はリーダーにあるから、私ではどうにもできないかもしれない」

カナタはそう言い残して去っていった。


カナタはデニスの部屋を訪ねていた。ユリウスに関する調査書を見せながら、彼が手を組みたいと言ってきた話を説明した。

「彼はあの時のアルファだろう?」

「はい、そうです」

デニスはずっと調査書を読んでいる。

「彼の身元や身辺に怪しいところがないのは分かったが……情報源はなんだったんだ?」

「それは分かりかねますが、アルファですから上流階級の何かツテがあるのかもしれません。警察上層部に知り合いがいるとか……誰か協力者が他にいるのかもしれません」

「アルファの中に、オメガ擁護派が他にもいるってことか?」

「彼のような変わり者が、他にいないとは言い切れません」

「そうだな……千人いれば異端者は一割はいるだろう……だがまあどこまで信じて良いのか……」

「反対ですか?」

「いや……う～ん……情報提供者というのは、我々にとって願ってもない存在だ。我々の活動の中で、情報収集が一番危険を伴う仕事だ。それをしなくてよくなるのは、我々にとってメリットしかない。嘘の情報を摑まされて、我々が罠《わな》に嵌められたとしても、それをやる彼の目的が今一つ分からないからな……オメガの奴隷売買を邪魔する我々を騙して、あのアルファが得するとは思えない。だがそれと同時に、我々に協力してアルファに利益があるとも思えない。単純に意味不明なものを快諾しかねているだけだ」

デニスは苦笑しながらタバコに火をつけた。深く吸い込んで、ゆっくりと煙を吐き出した。

「カナタはどう思う?」

「……少なくともユリウス・キルヒマン氏は、我々を騙すつもりはないと思います。紡績工場での一件だけで考えても、彼は本当に瀕死《ひんし》の重傷を負いました。それが我々を信じ込ませるための演技というのには、リスクが高すぎます」

「確かにそうだな」

デニスは何度も頷いて、タバコを灰皿に押し付けて火を消した。

「まあ……手を組むと言っても、我らの正体を知られなければ良いだけだし、隠れ家も教えない。それでまあ大丈夫だろう」

「じゃあ、彼と手を組むのですね」

「ああ……今度会わせてくれ」

「分かりました」

カナタは安堵したのか笑みが零《こぼ》れた。それを見てデニスが少し首を傾げる。

「カナタ、嬉しそうだな」

「え!?」

カナタはとても驚いた。自分では笑顔になっている自覚がない。

「別に嬉しくないですよ」

カナタはきょとんとした顔で答えた。


「そのユリウスという男とは親しくなったのか？」

「いいえ！　まさか！　二度会っただけです。それも二度とも最悪で……あ、そのうちの一度は紡績工場で助けた時ですけど……二度目なんか尾行を邪魔されたんですから……」

「尾行を邪魔された？」

「ほら、報告書に書いているでしょ？　仲介人を尾行していた時、彼も同じように尾行していて、それがとても下手くそな尾行で相手にバレバレで」

カナタはデニスが持っている報告書の該当箇所を指さしながら語った。

「まだ秋だというのに、コートにマフラーなんて目立つじゃないですか。本人は変装のつもりだったようです。綺麗な金髪ですから目立つと思ったんでしょう。顔も綺麗だし」

デニスは話を聞きながら、また少し首を傾げた。カナタがユリウスのことを、褒めているのかけなしているのか分からなかったからだ。本人はダメ出しのつもりのようだが、嬉しそうな笑顔になっている。

「まあ、アルファだから美形だろうな……カナタの好みの顔なのかい？」

「え？　は？　な、何を言い出すんですか！　全然好みとは違いますよ。第一、私は別に顔の美醜にはこだわりません」

「カナタはユリウスのことがずっと気になって仕方ないんだよ」

そこで急にルゥルゥが姿を現して、デニスの肩の上に乗りそんなことを囁いた。

「へえ～そうなんだ」

「違いますよ！　ルゥルゥ！　なんでそんなことを言うんだい？」

カナタは赤くなって否定した。

「好きになるのは自由だが、恋愛関係はだめだぞ。何よりカナタ、お前は皇太子なんだから」

「わ、分かっています。アルファとの恋愛なんて、絶対無理に決まってますから」

カナタは火照った頬を、手で押さえながら、眉根を寄せて断言した。しかしその時脳裏に、母ハルトの言葉が浮かび上がった。

『魂の番に会うことが出来たら、迷うことなくその人を選びなさい』

カナタは自分の思考に驚いて、ブルブルと慌てて首を振った。

「カナタ、どうした？」

デニスとルゥルゥが、不思議そうな顔で見ている。

「別になんでもありません」

カナタは自分の頭の中を掻き消すように、大きな声でそう告げた。

今になって、なぜ母がそんなことを言ったのだろうと思わされる。アルファとの恋愛を勧めているようなものだ。カナタは想像しただけで、アルファとの恋愛ほど怖いものはないと思った。

発情が抑えられなくなるなんて怖くて仕方ない。オメガの発情に触発されて、ヒート状態になるアルファも、考えただけで怖い。そんなの恋愛ではないと思う。ただの性欲だ。そんな性欲に思考を奪われるような関係は、想像出来なくて怖いだけだ。

あんな綺麗な人でも、ヒートするのだろうか？

カナタは穏やかな笑顔のユリウスを思い出して、そんなことを考えた。

「なんでアルファとの恋愛なんて絶対無理だと思うんだい？」

「え？」

ふいにデニスが尋ねたので、カナタは我に返って聞き返した。

「だからなんで無理だと思うんだい？」

「だって……アルファは怖いです」

「母国にはアルファの友人もいただろう？　この国のアルファが怖いということか？」

「ん……」

カナタはもじもじとしながら、困ったように眉根を寄せた。

「発情が……怖いです」

「ああ」

カナタが小さな声で言うと、デニスはようやくすべてを理解したように頷いた。少し考えて、頭を掻きながら苦笑した。

「カナタは発情したことはないのか？」

「……ないです。正確には最初の発情の予兆が起きた時に、すぐに母が投薬をしてくれたので……」

「そうか、じゃあ怖いわな」

デニスはそう言って笑いながら、二本目のタバコを咥えた。

「デニスはあるんですか？」

「ああ、あるよ……若い時だけど」

デニスはそう言って煙草に火をつけた。

「若い頃恋人がいて……相手はベータだったんだけど、彼となら良いと思って、投薬を止めてわざと発情させたんだ。だけどだめだった……オメガの発情を満足させられるのはアルファだけなんだ。ベータには荷が重すぎる。習ったから知っているだろう？ 発情はセックスしない限り満たされない。やってもやっても満たされない。ベータには無理なんだ。オメガを満足させられるほど、性欲を継続出来ないし、そんなに何度もセックスは出来ない。満たされない発情は、ただ苦しいだけだ。それが原因で別れてしまった」

タバコを吸いながら、思い出話を語るデニスは、どこか寂しげだった。

「アルファと恋愛しようとは思わなかったのですか？」

「んー……恋愛ってもんは、人と人の気持ちの問題だろう？ 相性も含めて……アルファだからベータだからって、人種を分けてするものじゃないからさ……出会ったアルファに惚《ほ》れなければ、そもそも恋愛なんて出来ないだろう？ 特にアルファは、番の印をつけたがるから……発情のノリだけで番にされたら困るからね」

カナタはデニスの話を聞きながら、無意識に自分の項《うなじ》を触っていた。カナタの項にはガードフィルムが貼られている。薄い人肌によく似た柔らかなシート状のもので、肌に貼り付ければ一見では分からない。ナイフで切っても簡単には切れないほど丈夫で、項に貼ることでアルファに噛まれても、ガードすることが出来る。アネイシス王国の研究チームが、オメガのために開発したものだ。

「まあ……魂の番ってもんに出会えたら、また話は違うんだろうけどね」

デニスはそう言って、タバコの火を消した。

「カナタ、気をつけろよ」

「はい、分かっています。ユリウスさんには冷たい態度を取り続けていますから、彼が私にそういう意味での興味を持つことはないと思います。オメガであることがバレない限りは、大丈夫です」

カナタが自信を持って言ったので、デニスはカナタの肩をポンポンと軽く叩《たた》いた。

カナタはバイト先のカフェで、店先の掃除をしていた。秋は風に吹かれて枯れ葉がたくさん落ちる。店の外にもテーブルを置いているので、常に掃除をしていないと、枯れ葉だらけになってしまうからだ。

バイト中のカナタは、地味な様子を心がけている。黒縁の眼鏡をかけて、頬に大きなイボをつけている。「眼鏡」や「目立つイボ」は、人の目の錯覚を呼ぶ。カフェのように、客との接点が接客の時だけの仕事だと、客のカナタへの印象は、一瞬見た時の眼鏡や目立つイボが強く残ってしまう。

もしもの時、警察が目撃者を探しても、カナタの似顔絵は眼鏡とイボばかり強調されることだろう。

「カナタさん？」

ふいに声をかけられたので顔を上げると、そこにはユリウスが立っていた。

「やっぱりカナタさんだ」

ユリウスが嬉しそうに笑った。カナタは驚いて固まってしまっている。

「どうして……分かったのですか？」

「え？　ああ、それのこと？　確かに最初は分からなかったけど、なんというか……私にはカナタさんのことが分かるんです。たぶんもっと精巧な変装をしても、私にはカナタさんが分かると思いますよ」

ユリウスは、カナタのイボや眼鏡をさしながら、ニコニコしている。

カナタはユリウスの言葉に、少し赤くなった。

「コ、コリンさんはどうしたのですか？」

「ああ、そこの書店で待ち合わせしているんです。大学で使う資料を探してもらうために、先に行ってもらっていたんです」

通り二つ先の角にある書店を、ユリウスが指さして説明した。

「そ、そうですか」

カナタは書店を眺めていたが、ハッと大事なことを思い出した。

「リーダーが一度貴方に会いたいそうです」

「え!? それじゃあ……」

嬉しくて思わず大きな声を上げそうになったユリウスを、カナタが咳払《せきばら》いして諫《いさ》めたので、ユリウスは思わず自分の口を手で塞いだ。

「すみません……それで……どうしたらいいですか？」

ユリウスは小さな声で聞き返した。

「日時と場所は、こちらから改めて連絡をしますので、しばらくお待ちください」

「分かりました。ありがとう」

ユリウスはペコリと頭を下げると、そのまま書店の方へ歩いていった。カナタはそれを見送りながら、彼と話をすると、調子を崩されてしまうなと溜息を吐いた。


数日後、集合住宅の一室に、ユリウスを呼び出した。そこはユリウスとの面談のためだけに借用した部屋だった。

話の内容が内容だけに、他の人の目がある場所は避けたかった。だがカナタ達の安全のため、隠れ家やカナタ達個人の部屋に招く訳にもいかない。

ユリウスと手を組むとしても、こちらの内情を明かさないという方針をデニスが決めて、カナタ達は了承した。もちろんこのことは、ユリウスには秘密だ。わざわざ手の内を明かすつもりはない。

ユリウスに会うため、デニスとカナタの二人で待った。

呼び鈴が鳴った。二人は時計に視線を送る。時間ぴったりだ。

カナタは玄関に向かうと、念のため覗き窓から相手を確認し扉を開けた。

「こんにちは、カナタさん」

ユリウスが微笑みながら挨拶をする。その後ろにコリンが険しい表情で立っていた。警戒しているのが分かる。

「どうぞ中にお入りください」

カナタは一礼してユリウスを迎え入れた。短い廊下を通り、扉が開いたままの奥の部屋へ案内した。奥の部屋にはソファとテーブルがあり、デニスが立って出迎えた。

「はじめまして、リーダーのデニスです」

デニスはにこやかな表情で挨拶をすると、右手を差し出した。

「はじめまして、ユリウス・キルヒマンです。お会い出来て光栄です」

ユリウスはデニスと握手をすると、挨拶をした。

デニスは内心、ユリウスの腰の低さに驚いた。ベータに対して、こんな謙虚な挨拶をするアルファなど見たことがないと思った。

「彼は従者のコリンです。同席させてもよろしいですか？」

「もちろんです。どうぞお座りください」

デニスは二人に座るよう促した。

「話はカナタから聞いています。我々と手を組みたいとのお申し出ですよね？」

「はい、貴方方が私と同じ目的を持って活動していらっしゃると思いましたので、ぜひ手を組ませていただけないかと……正直なところ私の方では、貴方方がどのような組織なのか知りません。でも偶然ではありますが、二度もカナタさんに窮地を救っていただき、少なくともカナタさんが、よく訓練された兵士のようだと思いましたので……奴隷解放の活動の実行部隊としては、とても優秀な組織なのではないかと……だから私の持つ情報を提供することで、上手く手を組んで活動出来ないかと思ったのです。私の方には情報はありますが、実際に行動を起こすには素人同然で……カナタさんに叱られてしまう始末です」

ユリウスがそう苦笑しながら言ったので、デニスも微笑みながら頷いた。

パタンと扉の閉まる音がしたので、コリンがびくりと反応した。バッと振り返ると、お茶の用意をしたトレイを持ったカナタが、部屋の扉を閉めたところだった。カナタはコリンと目が合ったが、平然とした様子で歩み寄り、テーブルの上にお茶のカップを置いた。

「ありがとうございます」

ユリウスが礼を述べてカナタを見つめたが、カナタは視線を逸らして、全員の分のお茶を置くと、デニスの隣に腰を下ろした。

「ご説明ありがとうございます。その辺りのことは、カナタからの報告通りですね。それで……ひとつだけ言っておかなければならないのですが……我々は奴隷解放の活動をしている訳ではありません」

デニスがそうきっぱりとした口調で言うと、ユリウスは「え？」と小さく呟いて、驚いたようにデニスとカナタを交互に見た。

「どういうことですか？」

戸惑いながらユリウスが聞き返した。

「私達が助けているのはオメガだけです。すべての奴隷を解放するつもりはありません」

「オメガだけ？」

ユリウスが目を丸くしながら反芻《はんすう》した。

「この国の奴隷は、敗戦国の民です。戦勝国が敗戦国を蹂躙《じゅうりん》するのは当然のこと。財産の召し上げや奴隷にすることで決着をつけるのはマシな方です。かつての大戦で、人類は戦争の愚かさを、身をもって知った。人間同士、互いが滅びるまで殺し合うことの愚かさを知ったのです。だからと言ってこの世から争いがなくなることはない。国同士の衝突は政治的な問題から起こります。殺し合いではない方法で、争いの決着がつくのならば、その方が良いに決まっています。我々は別に奴隷制度を良しとしている訳ではありません。でもそれ以外に、今のところ戦争を回避する術《すべ》がない。殺し合うよりはマシだと思っているだけです。この国の奴隷を解放しても、何も解決はしませんよ」

デニスの言っていることは正論だった。だからユリウスは何も反論できない。コリンが怒りをあらわにして、肩を震わせていた。それをデニスとカナタが見つめる。

「コリン君、君は奴隷だったのをキルヒマン氏に助けられたそうですね。もしもこの国の奴隷がすべて解放されたらどうしますか？　貴方は仲間と祖国に帰りますか？」

「え？」

突然デニスに尋ねられて、コリンは怒りを忘れて動揺した。

「貴方はキルヒマン氏の奴隷解放を手伝いたくて側に仕えているのでしょう？　だったら全員が解放されたら祖国に帰るのではないのですか？」

もう一度尋ねられて、コリンは困惑した様子で、目をうろうろとさせた。

「オレは……残ります。ユリウス様に恩を返したいから……それにもう祖国はないし……」

「じゃあ別の質問をします。奴隷だった貴方の国の人達が解放されて国に戻ったら何をすると思いますか？」

「え？　何って……国を復興させるんじゃないか？」

「そうですね、そして国が復興したら、必ずこの国に報復しようと考えるでしょう。そしたら貴方はどうしますか？」

「え⁉　ちょっと待ってくれ……そんなことはない。報復なんて……」

コリンはとても驚いて、ちらりと隣に座るユリウスを見た。ユリウスも戸惑っているようだ。デニスがどういう意図で、そんな話をしているのか分からないという様子だ。カナタも少しばかり困惑していた。デニスがそんな話をするとは思っていなかった。

「報復しないとなぜ言える？　だって君はキルヒマン氏には恩を感じているけど、この国の人間のことは今も憎んでいるはずだ。君の国を滅ぼし、家族や仲間を奴隷にした人々を。でも思い出して欲しい。君の国の人々は、全員が奴隷になった訳じゃない。半数の人々は助かって、今もどこかで生きている。中にはこの国に移住した者もいる。なぜその者達は、君達を助けようとしないのだと思う？　祖国を復興させて報復しようと思わないのだろう？　それはもうそれほどこの国を憎んでいないからだよ」

「なっ……」

コリンは絶句して、大きく目を見開き、デニスをじっと見つめた。デニスはお茶を一口飲んで、冷静な眼差しでコリンを見つめ返した。

「自国の奴隷にされてしまった人々を見て安堵しているんだ。自分達は財産を取られるだけで済んで良かったと……奴隷よりはマシだ。命拾いをした。そう思っているんだ。それはこのイディア王国の優秀なアルファ達が考えた作戦だ。戦後は敵国を圧倒的な政治力や調略で屈服させ、血を流さずして支配し、負けた国の人々の中からさらなる負け組を作ることで、免れた人々から戦意や憎悪を取り去る作戦なんだよ。……キルヒマンさん」

「……ユリウスで結構です」

「では……ユリウスさん、すべての奴隷を解放した後、どうなると思いますか？」

デニスに問われて、ユリウスは強張《こわば》った表情で黙り込んでしまった。

「再び戦争が始まります。殺し合いが始まります」

「そんな……」

「だってそうでしょう？　解放されても彼らには帰る家はない。祖国はもうないのです。取り返すためには、憎いイディア王国と戦うしかないでしょう」

ユリウスとコリンは、何も言い返せず眉間にしわを寄せて俯いていた。

しばらく沈黙が流れた。やがてユリウスがゆっくりと顔を上げて、デニスを見つめた。とても悲痛な表情をしている。

「デニスさん……なぜそんな話をなさるのですか？　貴方は私達に何が言いたいのです？　手を組んでくださるのではないのですか？」

「ユリウスさん、私ははっきりとさせたいだけなのです。お互いの命に関わることです。ほんの僅かな思い違いでもあってはならない。奴隷解放とオメガの解放……一見僅かな違いと思われるかもしれない。貴方は我々から奴隷解放ではなく、オメガの解放と聞いて、ちょっと違うけれど似たようなものだから、そのうち一緒に奴隷も解放出来たらいいな……なんて思いながら手を組まれては困るのです。後々もめ事になっても困る。だからはっきりさせたいのです。我々は奴隷解放はしません。あくまでもオメガの解放です。オメガが奴隷にされているのを解放するだけです。他の民族は解放しません。それでも我々と手を組みますか？」

デニスが強い口調で一気に言い終わると、再び沈黙が流れた。ユリウスは厳しい表情で思い悩んでいる。

「ではデニスさんにお尋ねしますが……奴隷解放とオメガの解放はどう違うのですか？　なぜ貴方方はオメガ解放に尽力するのです？　貴方方は見た限りベータだ」

ユリウスが深刻な表情で口を開いた。その質問が来るのは分かっていたとばかりに、デニスが余裕の表情で頷く。

「まず奴隷解放とオメガ解放の違いを説明しましょう。奴隷解放については、先ほど話した通りです。この国の奴隷は皆敗戦国の者達だ。コリンさんの国の者だけではない。他にもいくつかの国の者達が混ざっています。彼らを全員解放したら、きっと帰る家のない者同士で徒党を組んでレジスタンスになるでしょう。我々は多国間の政治的な問題に口出しするつもりはありません。だがオメガは違う。オメガは生まれつきの体質が特殊だというだけで、性奴隷にされているのです。政治的な問題とは一切関係ない。性奴隷にされているオメガの子供達の半数以上が、拉致されてきた者達だ。違法な人身売買で金儲《かねもう》けの道具にされ、一部のアルファのおもちゃにされている。我々は不当な差別を受けているオメガを救いたいだけです」

デニスは一気にまくし立てた後、じっとユリウスとコリンを見つめた。

「お二人はオメガに対して差別意識をお持ちですか？　正直に言ってください。別にそのことで咎めたりはしませんから」

ユリウスは、はっとしたように目を見開き首を振った。

「私は別にオメガに対して差別意識は持っていません。私もオメガを性奴隷にすることには反対ですし、我が国も法律で、それについては禁止しています。でも我が国でもオメガに対する差別があることは承知しています。性奴隷については禁止としていますが、オメガへの不当な扱いはあると……思います。私も……子供の頃に、仲良くしていたオメガがいました。馬番の男性で……でもとても頭が良くて物知りで……よく私に色々な話をしてくれました。だけどある日彼はいなくなってしまった。私が親しくしたために、彼はクビになったのだと後になって知りました。私には今でも分からないのです。なぜそんな差別があるのか……だから貴方方がオメガ解放をするというのなら、お手伝いしたいと思います。もちろん……本当は奴隷解放を手伝いたいのですが……オメガを救う手助けもしたいです。それでも構いません」

ユリウスは熱心にそう語った。それを聞いたデニスは頷いたが、隣のコリンを見つめた。

「君は納得出来ないという顔だね？」

デニスに言われて、コリンは少し赤くなって動揺した。

「オレは……別に……」

「君は奴隷解放ではないことに不満なだけなのか？

それともオメガに対して差別意識があるのかい？」

デニスに再度尋ねられて、コリンは眉根を寄せてしばらく考え込んだ。

「確かに……奴隷解放ではないことに不満がありま す。でもユリウス様がそれでもいいというなら、オレは従うだけです。ただオメガについては……オレはよく分からなくて……周りに嫌悪する人が多くいて……差別を受けるからには、それなりに色々と面倒な人種だと……そう思っています。オレ自身は差別するつもりはないけど……関わりたくないっていうか……よく分からない」

「では君に妹がいるとしよう。その妹はとても美人だが、生まれつき足が不自由だ。足が不自由な女はセックスの相手をするくらいしか能がないと勝手に決めつけられ、野蛮な奴らに攫われて、性奴隷として売られたら、君はどう思う？」

「え……そんな……足が不自由ってだけで、そんなのは……」

「オメガはそういうことをさせられているんだよ」

デニスが強い口調で言った。コリンは絶句して、デニスを見つめる。

「オメガという特殊な人種がいる訳じゃない。アルファやベータの親からだって生まれる可能性がある。特にアルファからオメガが高い確率で生まれることを、君達は知っているかい？　自分の兄弟や子供にだってその可能性はある。何も悪いことはしていない。国同士の政治的な争いもない。たまたまオメガとして生まれただけで、普通に暮らしていただけなのに、攫われて性奴隷にされてしまうんだ。理不尽だとは思わないか？　我々はそんなオメガを救いたい」

「では貴方達は、家族にオメガがいるのですか？」

ユリウスが尋ねると、デニスとカナタは肯定も否定もしなかった。

「これは命懸けの行動だ。お互いに少しでも危険を回避するために、深く関与しない方がいいと思っている。我々は君の情報源がなんなのか追及しない。その代わり君達も我々がどういう組織なのか追及しないで欲しい。それを守ってもらった上で、今話したことを承知してくれれば、手を組みたいと考えている」

デニスは念を押すように言った。しばらく沈黙が流れる。

ユリウスは真剣な表情で考え込んでいた。隣に座るコリンは、微妙な表情で俯いている。

デニスとカナタはじっとユリウスの動向を見守った。

どれくらいの時間が流れたのか、緊迫した空気の中で、ふいにユリウスが大きな息を吐いた。それにコリンがびくりと反応する。デニスとカナタもユリウスと目を合わせる。

ユリウスは、何かを決意したように、先ほどとは違う真っ直ぐな視線をデニス達に向けていた。

「デニスさん、カナタさん、ぜひ貴方方と手を組ませてください。オメガを解放出来るように、情報を提供します」

ユリウスはそう言って右手を差し出した。デニスは握手に応じる。

「本当によろしいのですね？」

「はい」

もう一度念を押して、ユリウスは力強く頷いた。

「ではよろしくお願いします。今後貴方との接触はすべてカナタが行います。連絡を取り合う手段などは、カナタと相談してください。カナタ、いいね？」

「はい、承知しました。ユリウスさん、よろしくお願いします」

カナタは安堵したように、少しだけ表情を緩ませていた。それに気づいたユリウスが、微笑みを浮かべてカナタに右手を差し出した。

「カナタさん、改めてよろしくお願いします」

カナタは一瞬躊躇したが、握手に応えた。

「よろしくお願いします」

カナタは顔色には出さずに、冷静を装った。


「ユリウス様……ユリウス様」

早足で先を歩くユリウスを追いかけながら、コリンが何度も声をかける。だがユリウスは振り返らずに大股に歩みを進めた。大きな通りまで出ると辺りを見回し、通りかかった辻馬車を止めた。

「コリン、話は屋敷に戻ってからだ」

追いついたコリンに向かって、ユリウスはようやくそれだけ答えると、馬車に乗り込んだ。

馬車の中で向かい合って座る二人は、終始無言だった。コリンの方は言いたいことがたくさんあるという表情で、じっとユリウスを見つめている。ユリウスは、そんなコリンから目を逸らすように、窓の外を見つめていた。

馬車は城下町を抜けて、郊外の広いブドウ畑の中をしばらく走り、一軒の大きな屋敷の前庭に入っていった。

車寄せに馬車が止まると、すぐに玄関の大きな扉が開いて、執事が現れ馬車に駆け寄ると扉を開けた。

「おかえりなさいませ、ユリウス様」

「ただいま、アルフォード」

ユリウスは執事にカバンを渡して馬車から降りると、一緒に屋敷の中へ入っていった。

コリンは後から降りて、御者に代金を渡して屋敷の中へ入った。


コリンは廊下に立っていた。窓の外を眺めながら、眉根を寄せて考え込んでいる。ずっとユリウスに尋ねたくて、もやもやとしている気持ちを整理しようとしていた。

なぜ彼らの条件をすべて呑《の》んだのか？　奴隷解放は諦めるつもりなのか？　そもそも彼らを信じていいのか？　なぜこちらの意見をもっと言わなかった

のか？　むしろこちらからの条件を提示すべきではなかったのか？

　とりあえず以上五つに整理した。

　コリンはまったく納得していない。話し合いといっても、一方的すぎだと思っていた。これではこちら側が下に見られているみたいだ。

　仮にもユリウスはアルファで、下級とはいえ貴族だ。本来であれば、まずはこちらの要望を聞くべきではないだろうか？

　ユリウスの性格を考えれば、相手を尊重してしまうのは目に見えていた。だがそれには正当な順序というものがあってしかるべきだ。

　向こうがアルファで貴族であるユリウスを立てて、まずは先にこちらの話を聞いた上で、向こうが条件を出してきたら、それを寛容なユリウスが呑んでしまう……という構図は、ありえるかもしれないと予想はしていた。だからその時は、コリンが戦う姿勢を見せるつもりだったのだ。

　ところが一方的に、あのデニスというリーダーが、主導権を握ってしまっていて、こちらの意見を言わせない状況に置かれてしまった。あれではコリンも戦えない。

　せめてユリウスが、少しでも抵抗してくれていたら……そんな思いしかない。だから言いたいことが山積みになって、もやもやとしているのだ。

　カチャリと後方で扉が開く音がした。振り返ると片手に衣服を抱えた執事が、部屋から出てきたところだった。

　執事はコリンと目が合うと、軽く頷いて扉を閉めて去っていった。

　コリンは一度深呼吸をして、扉をノックした。ユリウスの返事を確認し、扉を開ける。

「ユリウス様、失礼いたします」

　コリンは入り口で会釈をして、部屋の中に入り扉を閉めた。

　ユリウスは、中央に置かれたソファに座り、優雅な仕草で紅茶を飲んでいた。服を着替えて寛《くつろ》いでいる様子だ。

「ユリウス様、少しお話をしてもよろしいでしょうか？」

「ああ、コリン……待たせてすまなかったね。もうここなら何を話しても大丈夫だから……言いたいことがあるんだろう？　聞くよ」

ユリウスは微笑みを浮かべて、コリンに向かって手招きをした。

コリンは一礼をして、ユリウスの側まで歩み寄った。

「まあ……立ち話もなんだから、そちらに座りなさい」

ユリウスが向かいのソファをさしたので、コリンは「失礼します」と言って、素直に腰かけた。

「さあ、どうぞ」

ユリウスに言われて、コリンは困ったような顔で眉根を寄せた。そんな穏やかに「さあ、どうぞ」と言われても、言いにくい内容の話だけに、出鼻をくじかれてしまったようで、すぐには言い出せずにいた。

まずはどれから話し出すべきか……コリンは悩みながら言葉を選んでいる。

「あの……さっきの件ですが……オレは納得していません」

「うん、そうだよね、分かってる。だって私も納得していないもの」

「え!?」

予想外の返事に、コリンはとても驚いて思わず大きな声を上げてしまった。恥ずかしそうに赤くなって、口を両手で押さえると、ユリウスがクスクスと笑う。

「私が納得していると思ったのかい？」

「そ、それは……だって……条件を呑んで……手を組まれたではありませんか」

コリンは動揺して上ずる声を抑えながら、なんとか冷静に答えた。

「コリン、私が今までどんな思いで奴隷解放に奔走していたか知っているだろう？　あんな短時間で早早納得出来るものではないよ」

「でも……」

「うん、でも手を組んだ。だって納得はしていなくても、反論が出来なかったからさ」

ユリウスはそう言って、自嘲気味に笑いながら一口紅茶を飲んだ。静かにテーブルの上にカップを置いて、視線はじっと紅茶を見つめている。

コリンは何も言えずに、驚いた表情のままで、ユリウスの言葉を待った。

「デニスさんの言ったことはすべて正論だと思った。だから私は反論出来なかったし、とても悔しかったよ……反論出来ない自分にね」

ユリウスはそう言って顔を上げると苦笑した。視線が合って、コリンは顔を歪めてしまった。それはコリン自身も、身に覚えがあるからだ。


異論があれば戦う気満々だったのに、主導権を握られたまま戦えなかったのは、反論する余地がなかったからだ。コリンも同じように悔しくて、もやもやしていた。そしてユリウスがなぜ反論しないのだろうと、今までユリウスのせいにしてしまっていた自分に気づいて、恥ずかしさと悔しさで、顔を歪めてしまったのだ。

「私は今まで少しも考えたことがなかったんだよ。奴隷解放をした後どうするかなんて……奴隷にされた人々を、解放して自由にしてあげれば、それですべてが解決すると思っていた。もちろん衣食住の支援はするつもりでいたけれど、それはあくまでも解放したばかりで、何も持たない彼らのために、当面暮らせる程度の支援のつもりだった。彼らも自由になれば、以前のように普通の暮らしが出来るようになると思っていた。この国から脱出さえ出来ればって……甘い考えだったんだね。言われてみればそうだ。国がなくなって、行き場をなくした彼らが、復讐を考えないとは言い切れない。コリン……君だってそうなのだろう？　私に恩を感じているから仕えてくれているけれど、本当はこの国のことを憎んでいるだろう？」

　ユリウスに問われて、コリンは眉間にしわを寄せたまま、唇を強く結んで何も答えなかった。答えられなかった。憎んでいる。でもそれをユリウスには言えなかった。

「私も戦争には反対だ。奴隷にしてしまった人達に、我が国のことを許せとは言えないけれど、せっかく解放して自由にしてあげた人達が、自ら試練の道に戻ることは容認出来ない。憎しみを忘れて、幸せになって欲しい。そう思うから解放しようとしているんだから……」

　ユリウスは辛そうに眉根を寄せた。

「私は解放する以上は、もっと彼らのことに責任を持たなければならないんだ。憎しみを忘れて、新しい生き方を探してほしいと……そう説得出来るだけの時間が必要だし、準備も必要なんだ。悔しいけど、私は何も考えていなかったから、解放する資格がない。だけどあの人達には、それがあるんだ。どういう組織なのかは分からないけど、あれだけはっきりと私達に言ったのだから、彼らにはオメガを救い出して、その後の面倒を見られるだけの準備が整っているんだろう」

　ユリウスはそこまで話した後、またしばらく考え込むように口を閉ざした。俯いてしまったユリウスを、コリンは悲痛な面持ちで見つめている。

　ユリウスの言う通り、コリンは今までずっとユリウスの側にいて、奴隷解放に尽力していた姿を見てきたし、ユリウスの思いも分かっている。だから今、ユリウスがどれほど打ちひしがれているのか、痛いほど分かる。

「彼らがそこまで出来る組織だというのなら……他の奴隷の解放に手を貸してくれればいいのにって思うよ……だから奴隷解放を否定されてしまったこと

に、納得していないんだ。なんで？　って思ってしまう。だけどやっぱり反論出来ないから……悔しいけど手を組むしかない。もちろん……断ることも出来たけれど……酷い目に遭わされているオメガを救いたいという気持ちもあるから……彼らにはそれを成し遂げる力があるのならば協力したいんだ。君は不満かもしれないけれど」

俯いたままのユリウスを、コリンは黙って見つめるしかしなかった。

あんなに色々と聞きたいことがあったはずなのに、今はどれひとつ聞く気になれない。ユリウスはすべてを分かった上で、彼らと手を組むことを選んだ。納得出来ないことも、自分の未熟さも、すべてを分かった上で……だ。

「あの人達のことを、信頼しているという訳ではないのですね」

コリンはようやくそれだけ尋ねた。

「信頼……どうだろう？　ある意味では信頼しているのかもしれない。彼らも私達と同じ条件だ。私が嘘の情報を彼らに渡してしまったら、彼らは命の危険にさらされる。だけど彼らも私達を騙して、捕らえることだって出来る。お互いのことを詮索しないのが向こうの条件だ。私は彼らが一体どんな組織なのか探らない代わりに、彼らも私の情報源について探らないと約束してくれた。それで手を組むというのだから、これはある意味では信頼に近いものがあると思うんだ」

ユリウスは自身に問いかけているかのように、俯いたまま呟いている。コリンはそれ以上何も言わなかった。

「コリン、すまないけど少しばかり一人にしてくれないか？　気持ちの整理をしたいんだ」

「分かりました」

コリンは立ち上がり、ユリウスに一礼をして部屋を後にした。

一人になったユリウスは、両手で頭を抱え込み、柔らかな金色の髪をくしゃくしゃと乱暴に掻きむしった。そして大きな溜息を吐くと、椅子の背もたれに寄り掛かる。

　コリンの前では冷静さを装っていたが、本当は叫び声を上げ辺りの物に八つ当たりして暴れ出したくなるような気持ちでいた。

　それは恥ずかしさと悔しさの入り混じった……ユリウスが生まれて初めて感じる憤りだ。

　コリンに言った言葉は、ユリウスの心情の半分しか白状していない。デニスに突きつけられた現実によって、自分の無知を知り、恥ずかしさと悔しさでいっぱいになった。

　それはユリウスが今まで奴隷解放のために、懸命になってやってきたことすべてが、無駄だったと分かったからだ。

　アルファの知り合いに、奴隷解放について協力を求め、理解を深めようと説得して回ってきた。もちろんそれは危険を伴うことだから、誰にでもという訳ではない。良識ある人々だとユリウスが信じて打ち明けた者達ばかりだ。それでも理解を得られなかった。

　皆が一様にユリウスの身を案じて、そのような活動を止めるように苦言を述べられた。奴隷について良しとはしない考えの者達にも、解放に関しては反対された。

　それはすべて彼らが、奴隷解放後に何が起きるか分かっていたからだったのだ。何も分かっていなかったのは、ユリウスの方だった。

　ユリウスは頭を抱え込み、しばらくの間唸っていた。

　やがて静かになったかと思うと、ゆっくり顔を上げた。その表情は穏やかなものになっていた。

「私が一番やるべきことは、自分の力を知ることだ」

　ぽつりと独り言を呟いた。

　奴隷解放のために、三年間尽力してきたつもりだったが、実際に助けることが出来たのは、コリンと彼の家族を合わせて五人だけだ。それも結局奴隷だった彼らを、買い取ってその後自由にしてやったのだから、金で解決したようなものだ。ユリウスが目指していた形での奴隷解放ではない。

理想はアルファ達を説得し、奴隷制度をなくすこと。だがそれはどんなに説得を試みても、まったく成果は得られなかった。だから根本をどうにかしなければと、奴隷売買を邪魔するという強硬手段を取ることにした。それは今思えば半ばやけくそな作戦だった。

初めて行動を起こして、失敗に終わったのが、カナタに助けられた例の一件だ。

二度も助けられて、悔しいけれど自分には向いていないことが身に染みて分かった。だから彼らと手を組みたいと思ったのだ。

もう余計なことを考えるのは止めよう。初心に返るべきだ。ユリウスはそう心の中で強く思った。

「私に出来ることは、私の立場を利用して情報を得ること。その情報によって一人でも多くのオメガを救えるんだ。彼らは情報を有効に使ってくれる。今はそれが最善だ」

ユリウスは力強く呟いた。それは自分に言い聞かせるためのものだった。

「そんなに彼のことが心配？」

窓辺に椅子を持ってきて、紅茶を飲みながらぼんやりと外を眺めているカナタに、ルゥルゥが話しかけた。

「え？」

カナタは我に返って、膝の上にいるルゥルゥを見つめた。ルゥルゥは耳をぴくぴくと動かして首を傾げる。

「え？　って言うのはこっちの方だよ。帰ってからずっとぼんやりしちゃってさ。その紅茶も冷めてるでしょ？　真っ暗な窓の外見たって、別に何がある訳でもないのに……いやむしろ、もう夜になっているることにも気づいてないんじゃない？　ボク、お腹空いてるんだけど」

「え？　あ、ご、ごめん」

カナタは言われて初めて気づいたとでもいうように、窓の外を改めて見て驚いている。ルゥルゥは溜息を吐いた。

「すぐ食事を作るよ！」

カナタがそう言って慌てて立ち上がったので、ルゥルゥは膝から転がり落ちそうになって、パッと姿を消した。すぐに宙に姿を現すと、カナタの顔の前に浮かんだ状態で、ぷんぷんと怒り出した。

「ちょっと～！　急に立たないでよ！　落ちそうになっただろ！」

「ご、ごめん！」

カナタが両手を差し出したので、ルゥルゥはその上にぽすんと乗った。

「食事はまだいいから、とりあえず座って落ち着いて」

ルゥルゥが背中の小さな羽を、パタパタと動かしながら、カナタを宥めるように言った。カナタは素直に椅子に座り直すと、ルゥルゥを再び膝の上に乗せる。

「それで？　ぼんやりしていたのは、彼のことが気になっていたからでしょ？」

「彼って……」

「誤魔化してもダメだよ。ボクはいつもカナタの側にいるんだから！　今日のデニスとの会談の場にだっていたでしょ？　姿は消してるけど」

ルゥルゥが呆れたように言うので、カナタは眉根を寄せて頷いた。

「だって……デニスがあんなにきつい言い方をするなんて思わなかったから……彼、とてもショックを受けていたでしょ？」

カナタは言い訳をするように言った。

「まあ、確かにいつものデニスらしくはなかったよね。ちょっと厳しめ？　みたいな」

「そうなんだ……この国のアルファに対して怒っているからかな……」

「だけど言っていることは正論だったよ」

「それは分かるけど……あんなに畳み込むように言わなくてもいいいと思わないかい？　あの人……ユリウスさんは別に反論さえもしていないのにさ」

「だけど結果としては手を組んだんだから良いんじゃない？」

「そうだけど……」

さらに眉根を寄せて、口をへの字に曲げたカナタの様子に、ルゥルゥはコロンとその場に横になると、後ろ足でカシカシと背中を掻いて、無関心な素振りを見せた。だがちらりと上目遣いに視線をカナタへ向ける。カナタはまだ不満そうにしていた。

「ボクはちょっと見直したかな」

「え？」

ルゥルゥが寝転がってそっぽを向いたままそう言ったので、カナタは不思議そうに表情を緩めて、膝の上のルゥルゥを見つめた。

「だってさ……ユリウスさんは態度を変えなかったじゃん」

「態度を変えなかった？　すごくショックを受けて狼狽《ろうばい》していたでしょう？」

「そうだけどさ……そうじゃなくて」

ルゥルゥは体を起こして座り直した。じっとカナタを見つめる。カナタは不思議そうな顔をしていた。

「だからさ、普通のアルファなら、激昂《げっこう》していると思うんだよね。たとえばさ、物分かりの良い人のふりをしたアルファだとしても、あんなこと言われたら『無礼だ！』ってデニスに向かって激怒するんじゃない？　隣に座ってた番犬君はかなりプンプン怒っていたじゃん……だけどユリウスさんは、ショックを受けていただけで……ショックを受けたってことは、真摯《しんし》にデニスの言葉を聞いていたってことだろ？　その上すべてを承諾して手を組むことを選んだんだから……アルファのくせに出来た人じゃん！　ってボクは思ったんだ」

ルゥルゥは言い終わると、得意げな顔で羽をパタパタと動かした。カナタは目を丸くしている。思ってもいなかった言葉を言われたからだ。

「ルゥルゥ……変なことを言うんだね」

「変なことだって!?　褒めてるの！　カナタは褒められて嬉しくないの？」

「え？　私？　な、なんでさ、なんで彼が褒められたら……私が喜ばないといけないのさ」

カナタは狼狽《うろた》えたように、少し頬を染めて反論した。

「だって彼を推薦したのはカナタだろう？　カナタは彼が怪しい人物じゃないって自信があったから、デニスに紹介したんじゃないの？　その彼を褒めたんだからさ……カナタの株が上がったってことでしょ？」

「そ、それはそうだけど……」

「だからさ、大丈夫だよ。ショック受けて落ち込んだかもしれないけど、彼は大丈夫だよ。なんならボクが様子を見てこようか？」

ルゥルゥがそう言って、その場でくるりとバック転をして見せたので、カナタは大きく首を振った。

「いいよ、いいよ、べ、別にそこまで心配している訳じゃないし……私も彼は大丈夫だと思ってるよ」

「ふ～ん」

ルゥルゥはその大きな両目を薄く細めて、意味深な顔でカナタを見つめた。カナタは少し赤くなって、むっと眉根を寄せる。

「何？　その顔……ルゥルゥ、ちょっと意地悪じゃない？」

カナタは、ひょいっとルゥルゥを抱き上げて立ち上がり、そのままテーブルの上にルゥルゥを置いた。

「食事の支度をするよ」

カナタは誤魔化すようにキッチンへ向かった。

「でも彼との連絡係はカナタになったんだから、また近いうちに会えるね」

ルゥルゥは料理を作り始めたカナタの背中に向かって言った。カナタは一瞬料理の手を止めたが、気を取り直して何も答えず料理を続けた。

ルゥルゥは料理が出来るまで何も言わずに見守っていた。

しばらくしてカナタがテーブルの上に、オムライスとサラダを並べた。ルゥルゥ用に小さなオムライスが、別皿に用意されている。

カナタがテーブルについて「食べよう」と、ニッコリ笑って言ったので、ルゥルゥも頷いて食べ始めた。

「カナタ……さっきの話だけどさ」

「……もうユリウスさんの話は良いよ」

「いや、今ちょっと考えたんだけどさ。デニスはわざとあんな言い方をしたんじゃない？」

「どういうこと？」

カナタはスプーンを皿の上に置いて、怪訝そうな顔でルゥルゥに尋ねた。ルゥルゥは、一度ペロリと口の周りを舐めてニッと笑った。

「ユリウスさんの為人《ひととなり》を探るためにさ……試したんじゃない？　だから合格したんだよ。さっき言ったじゃん。激昂しなかったねって……ユリウスさんが信じても良いアルファかどうか試したんだよ。きっと」

カナタは目を丸くして驚いている。

「ね？　そう思わない？」

ルゥルゥがもう一度言うと、カナタは驚いた表情のまま頷いた。はあと一つ息を吐いて、もう一度頷く。

「本当だね。確かに……言われてみるとそうかもしれない。デニスらしくないと思ったけど、そうだとすればすべて納得出来るよ。ルゥルゥ、すごいよ！　よく気がついたね」

カナタが褒めるので、ルゥルゥは得意げな顔で羽をパタパタと動かした。

「今日はなんだかそんな雰囲気じゃなかったし、私も驚いていたこともあって、デニスに何も聞かずに帰ってきてしまったけれど……明日にでも話をしてみようかな」

「うん、そうしたらいいよ」

「ルゥルゥ、ありがとう」

カナタが笑顔で礼を述べたので、ルゥルゥは満足そうに頷いて食事を再開した。


公園のベンチに、カナタは一人で座り本を読んでいた。近くに大学があるせいか、若者が多く歩いている。犬の散歩をする老婦人、落ち葉を集めて遊ぶ子供達、公園には様々な人が出入りしていた。

「なんの用だ」

カナタの隣に座るなり、そっけない態度でコリンが一言声をかけてきた。カナタは、本から視線を外さずに、コリンに答えた。

「今後の連絡方法について打ち合わせをしたいと思ったんだけど……ユリウスさんに直接打診したら君が怒ると思ったからね」

カナタは静かな口調で言った。コリンは眉間にしわを寄せて、チラリとカナタを見た。カナタは先ほどから変わらぬ様子で、本を読んでいる。

「こんな大学の側の公園にいたら、ユリウス様に会うかもしれないだろう」

「偶数日のこの時間は、ユリウスさんは授業中だ。そしてその間君は、この公園で走ったり、運動をしたりして時間を潰している。君に会う方が確率が高いだろう？」

カナタが淡々と言い当てるので、コリンは少し赤くなって口を閉ざした。

「それで今後連絡のやりとりはどうしたらいい？こうしてここに私が来てもいいんだけど、情報の有無はそちら次第だし、そちらの都合に合わせるよ」

「ユリウス様が……カフェに行くと言っていた」

「え？」

思いもよらない返事に、カナタは思わずコリンを見た。コリンは不服そうな顔をしている。

「情報がある時は、ユリウス様が直接持っていくと……カフェで貴方に渡すと言っていた。たぶん近いうちに、貴方の方から接触してくるだろうから、もしもオレが貴方に会ったら、そう伝えるように言われていた」

コリンは説明し終わると、チッと舌打ちをした。

「分かりました」

カナタは本を閉じると、カバンの中に仕舞って立ち上がろうとしたが、ふと思いとどまった。

「ユリウスさんは……お変わりないですか？」

「どういう意味だ？」

カナタの問いに、コリンはまた眉間にしわを寄せた。

「先日の会談で……うちのリーダーの言葉が過ぎたと思っていたので……」

コリンは眉間にしわを寄せたまま、しばらく考え込むように黙り込んだ。

「言いすぎたから……謝ると？　あの時の話は間違いだったとでも？」

「いいえ、そういう訳ではありません。リーダーが話したことはすべて事実です。我々の活動方針を変えるつもりではありません。ただ言い方が……」

コリンは先に立ち上がった。

「なら別に気にする必要はないんじゃない？　ユリウス様は別にもうそのことについては気にされていないし、承知しているんだから……オレはまだむかついているけどな」

コリンは言い終わると、その場を去っていった。


翌日、カナタの勤めるカフェに、ユリウスが現れたので、カナタはとても驚いた。昨日コリンと話したばかりだったから、まさかこんなに早くユリウスが現れるとは思わなかったのだ。

「ご注文は？」

「コーヒーを」

ユリウスは新聞を広げながら、静かな口調で一言そう言った。以前カフェに来た時の、馴《な》れ馴《な》れしい感じはまったくない。まだ怒っているのか、それともわざとそう演じているのか分からず、カナタは少しばかり戸惑った。

マスターが淹れたコーヒーを持って、再びユリウスの下へと向かう。

「お待たせいたしました」

カナタがコーヒーをテーブルに置いた。

「ありがとう。えっと……いくらかな？」

「三十ディルです」

ユリウスは新聞をテーブルの上に置き、懐から財布を取り出して五十ディル硬貨を取り出した。

「残りはチップとして取っておいて」

ユリウスはそう言って、カナタに渡した。

「ありがとうございます」

カナタは一礼をしてその場を離れた。店の奥に行き、握っていた左手をそっと開いた。そこには渡されたコインと共に小さく折られた紙片があった。

「カナタ、客だよ」

マスターに呼ばれて、カナタは慌てて紙片をポケットに仕舞うと、再び店に出た。六人連れの客が入り、対応でバタバタとしている間に、気がつくとユリウスの姿はなくなっていた。

一段落したところで、店の裏に出てこっそりポケットに仕舞っていた紙片を開いた。

『本日午後五時　王立図書館二階六号室』

カナタはそこに書かれた文字をしばらく見つめて首を捻《ひね》った。これはどういう意味なのか？　この場所で、奴隷売買が行われているとはとても思えない。だが売人同士の密談でもあるということなのか？

ユリウスとはまだ具体的なやりとりをしたことがないので、情報をどのような形で渡されるのか分からない。

「とりあえず行くしかないか」

　カナタは溜息を吐いて呟いた。


　カナタは早めにカフェを出て、一度家に戻ると変装をすることにした。

「おかしくない？」

　カナタが尋ねると、ポンッと宙にルゥルゥが現れて、小さな両手で口を押さえながらククククッと笑った。

「すっごい美人だよ。ナンパされないように注意してね」

「からかわないでよ。変じゃないかどうか聞いてるだけだ」

　カナタはそう言って眉根を寄せた。

「だから綺麗だって言ってるだろ？　どこからどう見ても綺麗な女性にしか見えないよ。大丈夫」

　ルゥルゥはそう言ってクルリと宙がえりをした。

　カナタは女装をしていた。濃い紫のタイトなロングスカートと同色のジャケットは、かっちりとしていて、余計なレースやフリルなどの装飾はなかった。胸元には白いブラウスの大きなリボンが結ばれているだけだ。

　鮮やかな赤毛は上品に結い上げられていて、レースのついた小さめのトーク帽をかぶっている。化粧をしているが、口紅は抑えめのローズ色で、知的な秘書のように見える。

「図書館だからね……仕事で出入りしている人風にしてみた」

　カナタはそう言って、高めのヒールを履くと、ハンドバッグを手に取った。

「その靴だと歩きにくくない？」

　ルゥルゥがクスクスと笑いながら尋ねた。

「ヒールで歩く練習はしているから大丈夫。少しの距離なら走れるよ」

「いざとなったらボクが側にいるからね」

「うん、頼りにしてるよ」

カナタが微笑みかけると、ルゥルゥはパッと姿を消してしまった。


王立図書館を利用する者は多い。学生だけではなく、学者や弁護士、仕事で調べ物をする者など老若男女様々な人々が来ていた。

中央の広間には、たくさんの長机が整然と並び、様々な人々が本を読みふけっている。行き交う人々は、互いに無関心で、誰がいたとしても気にする者はいない。

よほど大声で騒ぎ立てない限り、目立つこともないだろう。

カナタは本棚の間を、吟味するようにゆっくりと歩き、厚い本を二冊選んで小脇に抱えた。そのまま奥へと進み、二階に続く階段をゆっくりと上る。

二階にも多くの本棚が並んでいるが、専門書のせいかそれほど人の姿はなかった。廊下を進むとやがてその両側にたくさんの扉が並ぶ一角に辿り着いた。

扉には番号が刻印された金色のプレートが掲げてある。

『六』の番号の扉の前まで来ると、カナタは辺りを見回し、人がいないことを確認してから、扉に耳を当てた。話し声は聞こえない。

「ルゥルゥ」

カナタが小声で名を呼ぶが返事はない。しかしカナタはじっと待った。

「中にはユリウスさんが一人いるだけだったよ」

カナタの耳元で、ルゥルゥがそう囁いた。姿を消しているので声だけだったが、カナタは承知しているので冷静に頷いた。

扉をノックすると、返事が返ってきた。確かにユリウスの声だ。カナタは扉を開けた。

「失礼します」

現れたカナタの姿に驚いたのはユリウスの方だった。目を丸くして、あからさまに動揺している。カナタだと気づかずに、知らない女性が入ってきたと勘違いして、慌てているようだった。

カナタは何も言わずに扉を閉めた。

「ユリウスさん、これは一体どういうことですか？」

「え？　あの……」

まだ戸惑っているユリウスに、カナタは小さな溜息を漏らした。

「私です。カナタです。あのメモでは誰に会うのかも分からなかったので、変装してきたのです」

「あ、ああ……カナタさん？　本当に？　分からなかったよ」

ユリウスは驚きの声を上げると共に、立ち上がりカナタの側まで歩み寄った。

近くまで来て改めて、カナタの姿を上から下まで注意深く見つめた。そして感嘆の息を漏らす。

「すごいよ、近くで見ても分からない。言われてみれば、顔立ちがカナタさんだと思えるけれど、きっと知らなかったらまったく気づかないよ」

ユリウスがあまりにも、じろじろと見つめながら称賛するので、カナタは眉根を寄せた。

「それより……あのメモはなんなのですか？」

カナタは怪訝そうに尋ねた。

「ああ、今後のやりとりについて一度きちんと相談しておきたかったんだ」

ユリウスは、カナタの様子など特に気にする素振りもなく、のんきな口調でそう言ったので、カナタは益々怪訝そうに眉根を寄せる。

「それは……先日コリンさんからお聞きしましたが」

「うん、それで早速今日試してみたんだよ」

ユリウスが嬉しそうに微笑みを浮かべて言うので、カナタは啞然としてしまった。

『試してみた？　この人はスパイごっこでもやっているつもりなんだろうか？』

明らかに不機嫌そうな顔で黙り込んでしまったカ

ナタに、さすがにユリウスはコホンと一つ咳払いをした。

「ふざけているつもりはないよ。気に障ったのならば申し訳ない。今後も情報は、今日やったみたいに、私がカフェに行ってメモを渡す。でもそれだけでは、上手く情報を伝えられないような状況が起きた時に、どうすればいいのか……メモでは情報量も限られるし、あの場でさりげなく渡せるものとしては、コイン程度の大きさのものだけだろう？　それでやはり一度は、君と話をした方がいいと思ったんだ。それで色々と考えて……この場所は、一般人も自由に出入り出来る場所で、尚且《なおか》つ利用者も多い。だから私達がいても気に留められることはない。個室ならば密談も可能だ。何しろこの部屋は狭いけど、静かに読書が出来るように防音になっているからね。だからここを指定した」

　ユリウスの説明を聞いて、カナタは少しばかり機嫌を直した。

「今後もここで情報交換をするということですか？」

「いや……まあ私は別にそれでもいいんだけどね……君は出来れば私に会いたくないだろう？」

「別にそういう訳ではありません。その言い方は語弊があります。私は別に貴方個人のことを嫌って会いたくないとかそういうつもりでは……」

　カナタは少し赤くなって、自分の態度を弁明しようとした。

「まあまあ、少し誤解を解く必要があるみたいだね。まずは立ち話もなんだから、こちらに座ってください」

　ユリウスはにっこりと微笑んで、向かいの椅子をさして促した。カナタは渋々という様子で、ユリウスの側まで歩み寄ると、椅子に腰を下ろした。カナタが座るのを待って、ユリウスも腰かける。

　テーブルに置かれたティポットから、カナタの前のカップにお茶を注ぎ入れた。

「私の話を最後まで聞いてくれますか？」

　ユリウスが穏やかに言ったので、カナタは困ったように表情を曇らせつつ頷いた。

「まずは……そうだな。私は先日のデニスさんとの会談で、自分の未熟さを思い知らされて、考えを改めたのです。私は何ひとつ分かっていなかった。私のようなアルファが、このような活動をしていることを、カナタさん達も疑問に思われていたことでしょう。信用もなかったと思います。実際のところ……私も今まで散々、家族や友人から反対されてきました。奴隷制度を良く思っていないアルファももちろんいます。私の友人にも何人かいました。そんな彼らでさえ、私の活動や思想には反対していました。その意味がようやく分かったのです。彼らは分かっていた。奴隷を解放すればどうなるのかということが……そのことにようやく気がついたのです。本当に私は愚か者です」

　ユリウスはそう言って苦笑しながら頭を掻いた。

「だから今は、心から貴方方に協力したいと思っています。せめて……オメガだけでも助けることが出来るのならと……。そうやって協力をしながら、私も奴隷解放の別の道を模索するつもりです。先はとてつもなく長いかもしれませんが」

　ユリウスはそこまで話して、視線を落としたまましばらく黙り込んでいた。カナタも黙って見守っている。少しして、ユリウスは顔を上げた。カナタを見つめて、ニッコリと笑う。

「今の話を信じていただかなくては、どうしようもないのですけど……私が情報提供という形で、これから貴方方と手を組むつもりでいるのは、本気だという話です。まずはここまで」

　ユリウスはそう言って、優雅な仕草でカップを手に取り一口お茶を飲んだ。ほうっと息を吐いてカップを置いた。

「それから次は……カナタさんとの接触の方法です。さっきも言った通り、カフェで情報を渡す。これがAパターンとします。次に考えたのがBパターンなのですが、正直なところこれをどうするかが分からなくて、それならばカナタさんと相談した方がいいと思ったのが、現在に至る経緯です。その相談も、私の職場や家で……という訳にはいかないと思いますし、先日の会談の場所も……あれはあの時だけ用意したのですよね？　だからカナタさんも、私と接触しているところを他の人にあまり知られたくないだろうと考えて、この場所を用意しました。このフロアの読書室は、基本アルファ用ではありますが、個人の使用物ではありません。誰でも自由に借りることが出来ます。元々私が大学の資料集めの際に、度々使っていたので、私が借りても不自然ではありませんし、そこに誰が出入りするなどは、監視されていませんから、気にせず密談に利用できます。……話が長くなりましたが、これで少しは納得いただけましたか？」

すべてを話し終わって、ユリウスがカナタに尋ねた。カナタはなぜか安堵したように大きな溜息を吐く。

「どうかなさいましたか？」

ユリウスが不思議に思って尋ねると、カナタは笑みを浮かべながら首を振った。

「いえ……先日はうちのリーダーが、酷く失礼な態度を取ったので、傷つかれているのではと心配していたのです。でもとても前向きに、真剣に考えてくださっていたのだと分かって安堵しました。実はあの時、リーダーは貴方を試すために、わざと怒らせるような態度を取ったのだそうです。でも貴方は怒るどころか、ショックを受けて沈んでいた。それで貴方がそれだけ奴隷解放に本気だったのだということが分かって、リーダーは貴方を信頼に足る人物だと判断したそうです。私もいつものリーダーらしくなかったと思っていたので、後から尋ねたのです」

「そうなのですか？　では手を組むと言ってくださったのは、私を信頼してくださったからなのですね」

「そうです」

「では貴方も？　カナタさんも私を信頼してくださったのですか？」

「もちろんです」

カナタはそう言ってふわりと笑顔になった。その笑顔があまりに綺麗だったので、ユリウスは呆《ほう》けたように見惚《みと》れてしまった。

「それなのに……あんな情報不足のメモを渡して、こんな場所で突然密談だなんて……説明いただかなかったら、怒って帰るところでした」

カナタは眉根を寄せて、怒った顔をしてみせた。

「……それは……もう完全に誤解が解けたということですね？　カナタさんのそんな笑顔が見れるのですから」

「え？」

カナタは一瞬、何を言われているのか分からず目を丸くした。

「それにカナタさんがこんなに話をしてくださるとは思っていませんでした。てっきり無口な方だと思っていたので」

嬉しそうにユリウスが言うと、カナタはようやく言われていることの意味に気がついて、みるみる赤くなっていった。

「わ、私は別に……」

「私のことを心配してくださっていたのですね。ありがとうございます。やはり私の思っていた通り、貴方は心の優しい人だ」

「そ、そんなの分からないでしょ？」

「分かりますよ。私は最初から分かっていました。だって貴方は私の命の恩人だ。見ず知らずの……それもアルファである私を助けるなんて、普通はやらないでしょう？」

「……あんな状況……普通ではありえないのですから、普通がどうかなんて分かりません。そ、それよりも今日の本題を話し合いましょう」

カナタは耳まで赤くなっていたが、必死に誤魔化そうと眉根を寄せて不機嫌な顔を作っている。ユリウスはそんなカナタを見つめながら、ずっと疑問に思っていたことが、明確になってきたと感じた。

だが今それを口にしたら、きっとカナタは本当に怒って帰ってしまうだろうから、黙っておくことにした。

「それで……なんの話でしたっけ？」

「ああ、すみません。情報提供方法のBパターンです。メモだけでは伝えきれないような事態になった時どうするか？　です。カナタさん達が仲間内で、連絡に使うための何かそういう手段はありますか？」

尋ねられてカナタは言葉を詰まらせてしまった。ないことはない。カナタにはいざという時、ルゥルゥがメッセンジャーになってくれる。それ以外にも話した言葉を残して後で聞くことが出来る石がある。正確には『石のように見える魔法具』だ。魔力を持つカナタ達オメガだから使えるもので、アネイシス王国で研究開発された独自の魔法具だ。

ルゥルゥも魔法具も、ユリウスには見せる訳にはいかないものだ。

「そういう時は……直接会って話すか、説明の手紙を渡すしかありませんから……事前にいくつかの合図を決めておきます。メモにこう書いた時は、決めた場所に資料を置いてあるとか、こう書いたときは、決めた場所で落ち合うとか……」

「ああ、やっぱりそうですか。では私達も何かそういう合図を決めませんか？」

「そうですね」

ユリウスがなんの疑いもなく信じてくれたので、カナタは安堵した。

二人は暗号と接触する場所などを相談し合った。

「カナタさんが嫌でなければ、候補のひとつとしてここはいかがですか？　部屋はいつも違う番号で借りるようにします」

「そうですね……ここでいいと思います」

カナタは辺りを見回して頷いた。

「出来ればいつもここで会いたいですね……カフェ

でメモを渡すだけでは、ろくに話も出来ませんから……私はカナタさんとこうして話がしたいです」

ユリウスがさらりとそう言ったので、カナタは驚いて赤くなった。

「な、何を言い出すんですか⁉」

「オメガ救出の任務とは別に……普通に親しくなったらダメですか？　友達とか……」

「ダ……ダメですよ、ダメに決まっているでしょう！　もしもどちらかが疑われた時、芋づる式で捕まってしまいますよ⁉　危険なことをやっている自覚はないんですか？」

カナタに叱られて、ユリウスは困ったように肩をすくめた。

「分かっていますが……いえ、すみません。そうですね。また私のミスで、貴方を危険な目に遭わせてしまう訳にはいきません。本当にすみません。私はやはりまだ考えが甘いようです」

ユリウスが深く頭を下げたので、カナタは啞然として何も言えなくなった。

こんなに素直で低姿勢なアルファも珍しい。これでは怒ったカナタの方が悪者みたいだ。憎めないというか、益々ユリウスに対して興味が湧いてしまう。

『一体この人はなんなのだろう？』

さっきは驚きのあまり怒ってしまったが、『親しくなりたい』と言われて嫌な気はしなかった。むしろ嬉しくなった。こうしてユリウスと一緒にいると、気持ちが高揚してくる。心が弾むというか、もっとこうしていたいという気持ちになる。

危険な仕事をしていることを忘れてしまいそうだった。

「なんというか……こんなことを言うとまた叱られてしまいそうですが……カナタさんといると、楽しくて危険なことをしているってことを忘れてしまいそうになるのです。だからさっき、あんなことを言ってしまいました。すみません。たぶん無口でクールだと思っていたカナタさんが、笑顔を見せてくれたせいだと思います。なんだか、私にだけそういう笑顔を見せてくれているのではないかと、勘違いしてしまって……」

　ユリウスは少し赤くなって照れくさそうに笑った。

「な、何を言っているんですか……そ、それはたぶん、私がこんな格好をしているからですよ。女の格好をしているから……いつもの私と違うから、そんな気がしているだけだと思います」

「違います。私にはいつものカナタさんの顔にしか見えていません。女装していることも忘れてました。私は以前から、貴方のことが気になっていて……なんでこんなに気になるのだろうって……命の恩人だからという訳ではなくて、初めて貴方に会った時から、何か違うんです。なんというか……惹かれるのです。今までこんな気持ちになったことがなくて……それでさっき気づいたんです。私はカナタさんのことが好きなんだって……あっ！」

　ユリウスはそこまで言って、はっとした顔で思わず声を上げた。目の前には、もっと驚いた顔のカナタがいた。目を丸くして、口を開けて、固まってしまっている。

「す、すみません！　言うつもりはなかったのに……ああ……というか、口にするまで私もそんなにはっきりと思っていた訳ではないのに……なぜだろう？　こんな風にも自覚していない言葉が、勝手に出てしまうのは……こんなことは初めてです。でも口に出したらなんだかもうそれしか頭になくなってきた。好きです。カナタさん！」

「え……あ……ええ？」

　カナタは何を言われているのか理解出来ずに、かなり動揺している。だがユリウスと目が合って、その熱い眼差しに、体の奥がズキンと疼《うず》いた。頬が熱い。心臓が痛いほど鼓動が激しい。

「好きです。カナタさん。私のこの気持ちは確かです。ああ……そうだ。貴方を良い人だと思って好感を持ったのだと思っていたけど、そうではありませんでした。この好きという気持ちは、親しい人への好意ではありません。愛情という意味の好きです」

「そんなの……おかしいです。わ、私は……私はベータの男ですよ？」

「アルファはベータの男を好きになってはいけないのですか？」

「え？　だって……だって……」

カナタは真っ赤な顔で混乱してしまっていた。

「は、話は終わりですね！　私はこれで失礼します」

「あ！　待って！　カナタさん！」

カナタは慌てて立ち上がると、振り返りもせず脱《だっ》兎《と》のごとく部屋を飛び出してしまった。

「ルゥルゥ！」

部屋を出てすぐにルゥルゥを呼び、そのまま一瞬にして姿を消した。

バンッと勢いよく扉が開いて、ユリウスが後を追いかけてきたが、廊下にはすでにカナタの姿はなかった。

「え？」

ユリウスは戸惑いながら、誰の姿もない静まり返った廊下を、きょろきょろと見回していた。


人気《ひとけ》のない図書館の裏手に、カナタとルゥルゥは姿を現した。

「大丈夫？　もう一回飛ぶ？」

ルゥルゥが心配そうに、カナタの顔を覗き込んだ。カナタはまだ赤い顔で胸を押さえている。

「だ、大丈夫……歩いて帰るよ。少し頭を冷やしたいし……」

カナタがそう言って歩き出したので、ルゥルゥは心配そうに見つめていたが、スウッと姿を消した。

カナタは足早に歩き出した。自然と大股になる。美しい女性が、大股で急ぎ足に歩く姿は少し目立った。すれ違う人々が振り返る。だがカナタは気にせず歩き続けて、図書館の敷地から出て行った。

どれほどそうして歩いたか分からない。ズキリと足先が痛んで、思わず「痛っ」と呟いて足を止めた。

「そんな靴なのに、ズカズカ歩くからだよ」

耳元で姿を消したままのルゥルゥが囁いた。

カナタはムッとしたように眉間にしわを寄せたが、何も答えずに再び歩き始めた。今度は普通に女性らしく歩く。足も痛いが、胸が酷く痛い。心臓が痛い。まるで体中の血が沸騰しているようだ。顔も体も火照っていた。

それは早足で歩いたせいではない。もっとずっと体の奥に、炎が燃えているような、そんな不思議な感覚があった。息遣いまで荒くなってくる。

カナタが苦しげに、はあはあと息を吐き始めたので、「カナタ、そこの路地に入って」とルゥルゥが耳元で囁いた。

カナタは少し朦朧《もうろう》としてきて、ふらふらと路地に移動した。

「ここからなら家まで飛べるから……カナタ、行くよ」

パッと姿を現したルゥルゥが、カナタの肩に乗ってそう告げたが、カナタは息を荒らげたまま頷くしかなかった。


カナタとルゥルゥは、部屋の中に瞬間移動した。カナタが借りている部屋だ。

カナタはその場に崩れそうになったが、側にあったテーブルに手を突いてなんとか体を支えた。

「ルゥルゥ……ベッドの下にあるカバンを……取ってきて……」

「分かった」

ルゥルゥはピューッと素早く飛んで、隣の寝室に行くと、ベッドの下に潜り込み、ずるずるとカバンを引っ張り出した。小さな手でカバンの取っ手を掴んだまま、パッと姿を消してカナタのいる部屋へ瞬間移動をした。ドサッとテーブルの上にカバンが落ちる。

　カナタはカバンを開けると、中に入っていた銀色の金属製の小さな箱を取り出した。カチャリと開けると、中には細い筒状のペンのようなものが並んでいた。そのひとつを取り出し、先端についている蓋を外して、開いている服の胸元に先端を押し当てた。

　末端についている赤い突起を、ぐっと親指で強く押すと、カチリと鳴った後一瞬先端が光ってプシュッと機械的な音がした。

「カナタ」

　ルゥルゥが心配そうに声をかける。

　カナタは持っていたそのペン型のものを、無造作にテーブルの上に投げ捨てると、その場に座り込んだ。まだはあはあと荒い息が続く。

「カナタ……大丈夫？」

「大丈夫……もうすぐ治まるから……」

　カナタはぐったりとした様子で、肩で息をしながら答えた。

　ルゥルゥは、パタパタとキッチンに飛んでいき、コップに水を汲《く》んで戻ってきた。カナタに差し出すと、カナタはそれを受け取りゴクゴクと音を立てて飲み干した。

「ありがとう」

　少し笑顔を見せたカナタに、ルゥルゥは安堵した。さっきよりも顔の赤みが薄れている。息遣いも次第に落ち着いてきた。

　カナタは大きく深呼吸をして、ゆっくりと立ち上がった。少しふらつきながらも、寝室へ歩き出す。

「カナタ」

「着替えて横になるよ」

　カナタは振り返らずにそう言って、そのまま寝室に入ると扉を閉めた。

　こういう時は『一人にして』という意味だと分かっているので、ルゥルゥは後を追わなかった。いつも一緒に行動しているが、旧知の仲だ。何も言わなくても、側にいても良い時と、いない方がいい時の判断は出来る。特にこの国に来てからは、日常のほとんどが姿を消しているので、ルゥルゥの判断で、カナタのプライバシーに踏み込まないで、だが極力側にいるようにしていた。

　そしてそれはカナタとの信頼関係によって成立している。だからカナタもいちいち『側にいて』『一人にして』と口にしない。

　姿は見えないけれど、きっと呼べばすぐに現れる範囲のところにいつもいてくれるし、トイレなど見られたくない場所では、遠慮して離れてくれているのだと信じている。

　今も『着替えて横になるよ』とわざと言葉にした。いつもは別に着替えなんて見られても平気だし、お風呂にだって一緒に入る仲だ。寝る時も一緒に寝る。だからこそそれをわざわざ言えば、『一人になりたい』という意味だと分かってくれると思った。

　カナタはベッドの側まで行くと、服を脱ぎ始めた。スカートを下ろしたところで、自分の股間を見て眉を顰める。舌打ちをして、脱力したようにベッドに座り込んでしまった。

「発情するなんて……」

　カナタは苦々しく呟いた。発情抑制剤は投薬している。アネイシス王国で開発した発情抑制剤は、とても効くので今まで発情してしまうことなどなかった。アルファの側にいたとしてもだ。

　カナタ自身、生まれてこの方発情したことがない。だからこれが初めての発情とも言える。なんとか抑制剤で抑えたけれど……。

　カナタは恐る恐る下着を下ろしてみた。硬くなって立ち上がっている性器を見て、思わず眉を寄せる。体の熱は治まったが、性器はまだ昂っている。そこにだけ熱が集中してしまっているみたいだ。

　オメガは一度発情すると、普通の自慰やセックスでは、その性欲を満足させることが出来なくなる。発情している間性欲に支配され、まともな日常生活すら送れなくなるのだ。だから性奴隷にされてしまう。

アネイシス王国では、そんな不幸なことが起きないようにするために、様々な薬が開発された。通常から定期的に服用して抑制する薬や、今カナタが使用したような、緊急時に即効性で効く薬、パートナーが出来た時に、自然な環境で妊娠出産出来るように、発情を緩和させる薬など、用途分けが出来るほど研究が進んでいる。

国王であるハルトが目指しているのは、この薬を世界中に広めて、すべてのオメガが平和に暮らせるようにすることだ。だが現実は、薬があっても解決出来ない。オメガの性奴隷はなくならないということだ。

オメガを見下すアルファ達の思考を変えない限り、薬があってもオメガは攫われ売買される。だから今は、カナタ達のような救出部隊が、世界中でオメガを救出し続けるしかなかった。

そんな助ける側の……完璧な訓練を受け、薬も服用しているカナタが発情してしまうなんて……自分の身に一体何が起こったのか分からなかった。

困惑しながらも、昂りを鎮めるしかないと、カナタは性器を右手で握り込み、ゆるゆると手を上下に動かした。恥ずかしくて涙が滲《にじ》んでくる。

自慰をするのは初めてだった。やり方はもちろん教わっている。知識としてなら、一通りの性教育は受けていた。

万が一、オメガということがバレて、犯されてしまった場合の対処法まで教わっている。

だから自分では、もしもの時も冷静に処理出来ると思っていた。だけどこんなのは、冷静に出来るものなんかではない。

性器を刺激すると、今まで経験したことのない感覚が、体の中に湧き上がる。気持ちいいのか悪いのか分からない。

じれじれとした痺《しび》れのようなものが、下半身を支配し、熱がこもり、息が乱れる。変な声が出てしまいそうで、カナタは唇を噛みしめた。

嫌なのに手の動きが次第に速くなる。無意識に、もっと強く激しくと、敏感な部分が刺激を求めている。ぞくぞくと背筋が痺れて、性器にすべての血が集まっているみたいに熱い。

「んっ……ううっ……」

カナタは必死に声を押し殺して、枕に強く顔を押し付けた。びくびくっと体が震えて、腰が痙攣《けいれん》した。

次第に熱が引いてきて、カナタはゆっくりと体を起こした。

恐る恐る右手を開いてみると、そこはねっとりと白い精液で濡れている。カナタは泣きそうな顔で、しばらくそれを見つめていた。

『怖い』

そう思う。初めての発情も、初めての自慰も、初めての射精も、すべてが怖かった。自制出来ない。この体が自分のものではないみたいで怖くなった。

即効性の抑制剤を打ったからこれで済んだのだ。


これが抑制剤のないまま発情を本格的にしていたら、自分の体は一体どうなってしまうのだろう？　射精しても射精しても、昂りは治まることなく、ずっと勃起《ぼっき》し続けると聞く。欲情した状態が続くのだ。考えただけでぞっとした。

「なんで発情しちゃったんだろう……」

ようやく気持ちも落ち着いて、カナタはぼんやりと呟いた。

溜息を吐きながら、タオルで汚れた手を拭く。そうして考えている脳裏に、熱い眼差しを向けるユリウスの顔が浮かび上がった。

「彼のせい？」

驚いたように呟いた。よく考えると、ユリウスは少し興奮していたように思う。

『好きだ』と連呼された。ありえないけれど……あれはアルファであるユリウスが発情したせいかもしれない。

「いや……だけど……」

カナタは投薬していたので、オメガ独特のフェロモンは発していないはずだ。今までだって、この国の他のアルファの近くに行ったことはあったが、バレたことはなかったし、発情を促したこともなかった。薬の効き目は確かなはずだ。

アルファが一方的に発情するなんて話は聞いたことがない。アルファは、オメガと違って、発情期はない。ただ唯一、オメガのフェロモンによって、ヒート状態を誘発させられる。プライドの高いアルファにとっては屈辱だろう。アルファがオメガを虐げる要因でもある。

カナタはユリウスのことを思い出すと、みるみる赤面してしまった。

好きだと告白された。ユリウスは、カナタのことをベータだと思っている。まだオメガであることは気づいていないはずだ。

アルファがベータの男を好きになることなんてあるのだろうか？　もちろんゼロではないと思うけれど……。でも相手はこんな自分で……。あの綺麗で、ハンサムで、アルファで、貴族であるユリウスが？　こんな得体の知れないベータの男を？　まだ互いのことも良く知らないのに？　ちゃんと話したのは今日が初めてなのに？

「初めて会った時から気になっていたって言ってたっけ……」

カナタはぽつりと呟いた。それを言うなら、自分にも覚えがあるからだ。

初めて会った時から、ユリウスのことが気になっていた。気になったから、あの時助けたいと思ったし、二度目に会った時も、彼に誘われるまま話をするために店に入った。

カナタが自分の立場を考えれば……いや、いつものカナタならば、どちらの時も去っただろう。

この国のアルファに接触して、いいことなどあるはずがないからだ。自分の立場を考えれば、少しでも危険な要素がある者には近づかない。どんなにユリウスが良い人に見えたとしても、僅かでも罠かもしれないと警戒するなら、見捨てるべきだ。たとえ重症のユリウスを見殺しにすることになったとしても、自分には関係のないこの国のアルファだ。

カナタが助けたことを知った仲間が、誰も非難しなかったのはカナタが皇太子だからだ。特別扱いはされていると思う。

「でもなんで……」

考えれば考えるほど、なんだか危険な考えになりそうで、カナタはぶるぶると頭を振った。

こういうのは良くない。カナタは自分を窘めた。大きな溜息を吐いて、服を着替えると、汚れたタオルを握りしめて立ち上がった。


寝室を出て洗面所に向かった。タオルを洗いながら、鏡をちらりと見る。まだ化粧を落としていないことに気づいて苦笑した。

ついでに顔を洗って化粧を落とすと、背後にチラチラとこちらを覗き込むルゥルゥの姿が、鏡に映っていた。

「ルゥルゥ」

カナタは笑顔で名を呼んだ。

「カナタ……大丈夫？」

今まで見たことのないようなカナタの姿に、ルゥルゥもとても心配していたようだ。発情だったことは、きっと薄々気づいているだろう。

本来アルファやオメガなんて、人間の種族の事情など、知るはずのない幻獣だが、ルゥルゥは子供の頃からカナタの側で育ってきたので、必然的にそれらの情報も覚えてしまっていた。

「うん、もう大丈夫だよ。心配をかけてごめんね」

カナタは振り返ってニッコリと笑ってみせた。カナタのいつもの笑顔に、ルゥルゥは安堵したように息を吐いている。

「お茶にしよう」

カナタは明るく振る舞った。キッチンへ行き、お茶の用意をした。ルゥルゥにはミルクを温めてあげる。

テーブルにお茶の入ったカナタのカップと、ミルクの入ったルゥルゥのスープ皿を並べて、カナタは椅子に腰かけた。

ルゥルゥもテーブルの上に乗って、カナタを見上げながらニッと笑うような顔を作る。

カナタ達はしばらく無言でいた。カナタはルゥルゥを見つめる。ふうと溜息を吐いた。

「初めて発情しちゃった」

「……うん」

ルゥルゥは気を遣いながら頷いた。

「なんでかな？　って考えてた。ちゃんと薬も服用していたのにって……それで……」

「ユリウスさん？」

ルゥルゥが先に言ったので、カナタは目を丸くした。

「どうして？　どうしてそう思うの？」

「どうしてって……だってあの場にいたのは彼だけだし、他に原因は考えられないじゃん」

ルゥルゥが困ったように首を傾げた。それはそうなのだけれど……と口には出さないが、カナタも首を傾げる。

「ルゥルゥは……あの時側にいた？」

「いや……側にはいたけど……廊下にいたんだ」

「なんで？」

ルゥルゥの告白に、カナタは少し驚いた。

「だって……なんとなく」

「仕事の時はいつも側にいるだろう？」

「いや、そうなんだけど……それはカナタに何かあった時に助けられるようにって……でもユリウスさんなら別に心配ないと思ったし、何かあった時にカナタが呼べばすぐに駆け付けられる距離にはいたよ？　でも……お邪魔かなって」

「え……それ、どういう意味？」

カナタは困惑したように尋ねた。ルゥルゥは、パタパタと少し羽を動かして、目をくりくりと回した。何か言い淀んでいるように見える。

「ねえ、ルゥルゥ、どういう意味？」

カナタが前のめりになって聞いてきたので、ルゥルゥは諦めたようにゆっくり瞬きをした。

「つまりさ……ボクは、カナタがユリウスさんのことを好きなんだと思っていて……ユリウスさんも、カナタのことを好きなんだと思っていて……だからもしかしたら……良い雰囲気になるかもしれないと思って、ちょっと遠慮したんだよ」

「何それ!?」

カナタはとても驚いて大きな声を上げた。その声に、ルゥルゥがびくりと体を震わせて、大きな目をさらに大きく見開いている。

「なんでそうなるの？　ルゥルゥはなんでそんなこと思ったの？」

「なんでって……そういうのは説明が難しいよ……なんとなくだよ……好意を寄せている感じって、傍《はた》から見ても分かるだろう？」

ルゥルゥは説明しながら、ぴょんぴょんと跳ねた。

カナタはまだ驚いた顔をしている。

「カナタはユリウスさんのこと気になるって言っていたじゃないか……ユリウスさんは、二度目に会った時に、すごくカナタのこと見つめてて……好意を持っているのが分かったし……だから……」

「それは……ルゥルゥの能力なの？」

カナタが怪訝そうな顔で尋ねたので、ルゥルゥは驚いて飛び上がった。パタパタと宙に浮かんで、時時くるりと宙返りをして、しばらく動き回った後、テーブルの上に着地した。

「もう……びっくりさせないでよ。カナタって時々天然で呆けたことを言うよね」

「え？　何？」

カナタは分からないというように首を傾げた。

「ボクにはそんな能力ないけど、普通はみんなそういうのに気づくよ。カナタは恋愛には疎いけど、人の気持ちの変化には敏感だろう？　寂しそうだなとか、困っていそうだなとか、そういうのはすぐに気づいて、何も言わなくても助けてあげるだろ！　それと一緒だよ」

　ルゥルゥが早口でまくし立てるように言うと、カナタは両手で顔を覆った。

「もう……なんか全然分からないよ……私がユリウスさんのこと、好きっていうの？」

「好きじゃないの？」

「……嫌いじゃない」

　カナタは少し考えて、苦し紛れに答えた。それを聞いて、ルゥルゥは大きな溜息を吐く。

「とにかく……カナタがどう思おうと、体は反応しちゃったんだから、今後は注意しないといけないし、そこのところはもっと考えた方がいいよ。ユリウスさんが原因で、お互いに発情を誘発しちゃったんだとしたら……もう近づかない方が絶対いいし……そういう時の対策とか調べた方がいいよ。何か別の薬があるかもしれないし」

「……そうだね」

　ルゥルゥの提案に、カナタは大きく頷いた。確かに言われてみるとそうだ。

　これからという時なのに……これではユリウスからの情報提供を受けられなくなる。原因も対処法も分からないままでは、カフェでちょっとメモをもらうだけでも、警戒しなければならない。

「デニスに……相談してみる」

「うん、そうした方が良いよ」

　ルゥルゥも頷いてくれたので、カナタは気鬱《きうつ》になりながらも、デニスに相談する決心をした。

　翌日、カフェにコリンが現れた。まだ午前中の開店して間もない時間だったため、カナタはとても驚いた。

「これ、忘れ物です」

コリンは客として来店した訳ではなく、店内に入るなり真っ直ぐにカナタの下へやってきて、一冊の本を差し出してそう言った。

「え？」

カナタが困惑して立ち尽くしていると、コリンは表情を変えずに無理矢理に本を押し付けた。

「それじゃ」

コリンはあっさりとした様子で、くるりと背を向けるとさっさと店を出て行ってしまった。

カナタは呆然とそれを見送っていたが、はっと我に返り慌てて後を追いかけた。

「待って！　待って、コリンさん」

カナタが追いついて、コリンの右腕を摑んで引き留めた。

「これはどういうこと？　なんで君が？」

ひどく慌てた様子のカナタを見て、コリンは露骨に嫌な顔をした。

「そんなに取り乱すなんてあんたらしくないな。大きな声でオレの名前まで呼んで」

「あ……すみません」

カナタは言われて我に返り、辺りを見回した後小さな声で謝罪した。コリンはチッと舌打ちをする。

「あの方が……あんたにとても酷いことをしてしまったから謝罪したいけど、今はとても顔を合わせられないし、あんたも会ってくれないかもしれないからって……その本に手紙が挟んであるから後で読んで欲しい……ちなみにオレが客としてではなく店に行ったのは、同じベータだし、年も近いから、友人知人のふりしてもおかしくないだろうというのと、逆に客として行って本を渡す方がおかしいから……」

コリンはそこまで言って大きな溜息を吐いた。

「あの方があんたに何をしたのか知らないけど……滅茶苦茶落ち込んでいて……今日は大学を休んでる。いつも冷静で穏やかで……感情を表に出さない人なんだ。辛いことがあっても……いつも前向きで……

それなのに、あんなに落ち込むなんて見たことないから……何があったか知らないけど、許してやってもらえないかな？」

コリンは少し顔を歪めていて、複雑な心境なのだと分かった。カナタはただ茫然《ぼうぜん》として聞いている。

「許すも何も……私は……」

カナタは『別に酷いことをされたとは思っていませんから、大丈夫です』と言いかけた言葉を飲み込んだ。

確かに酷いことをされた訳ではないけれど、決して大丈夫でもないからだ。許すと言ってしまって、もしもすぐにユリウスが会いにきたら、もっと困ることになりそうだ。だからといって、今ここでその事情をコリンには話せない。

言い淀んでいるカナタの様子を、コリンはどう解釈したのか、眉根を寄せた。

「とにかく……手紙は読んでやって欲しい」

そう一言言って足早に去っていった。


手紙には謝罪の言葉が並べられていた。今後自分に会いたくないならば、コリンを代役に立てるか、他の方法も検討することを前向きに考えてもらいたい。情報提供の協力は続けさせて欲しい。などということが切々と綴《つづ》られていた。

そして最後に次のような文章が書き添えられていた。

――信じてもらえないかもしれませんが、貴方を好きという気持ちは本当です。あの時は衝動的に口走ったように見えたかもしれませんが、時間が経ち気持ちが落ち着いても、心変わりはしていません。この気持ちを誤解されたくなくて、迷惑と思われるのは承知で書かせてもらいました。――

カナタは複雑な心境で、その手紙を読んだ。読み終わっても、じっと考え込んでいる。

「カナタ……大丈夫？」

ルゥルゥが心配そうに声をかけた。帰宅してから、ずっと手紙を何度も繰り返し読んでは、難しい顔で思い悩んでいるからだ。

カナタはルゥルゥに返事をせず、まだ手紙を見つめて考え込んでいた。

「デニスのところに行くよ」

カナタがポツリと呟いた。

「ユリウスとのことを相談しに行くの？」

「……それもあるけど……情報も入っていたから」

カナタは手紙と一緒に入っていた小さなメモを、ルゥルゥに見せた。そこには先日打ち合わせをした通りに、暗号で情報が書いてあった。

仲介人の名前や住所などの情報だった。この仲介人を張っていれば、売人のアジトも摑めるだろう。とても有力な情報だ。

カナタは早速デニスの下へ向かった。


「これが本物ならすごい情報だ」

デニスはカナタからメモを受け取り、暗号の解読方法を説明されて、改めて情報を確認すると、満足そうに笑ってそう言った。

「彼を信じていない訳ではないが、初情報だからな……ローラントに偵察をさせよう」

「はい」

「それから明後日《あさって》の夜、先日救出した子達を、アネイシス王国へ送り届けることになった。イディア王国の国境を越えるまで、ヴェルナーと二人で護衛についてくれ」

「分かりました」

カナタは頷いた後しばらく俯いて佇《たたず》んでいた。

「どうした？　何かあるのか？」

「え？　あ……いえ、なんでもありません」

カナタは咄嗟にそう答えていた。言った後、一瞬自分でも驚いたというような表情をしたが、顔を背けて誤魔化した。

「情報収集の仕事が減れば、その分余裕が出て、他のことに時間を割くことが出来る。ユリウス氏との連携を上手くやってくれ」

「は、はい……分かりました。それでは失礼します」

カナタは一礼をすると、早々に帰っていった。


「なんでデニスに相談しないのさ！」

デニスの家を出て、大通りを早足で歩くカナタの耳元で、姿を消したままのルゥルゥが囁きかけた。

だがカナタは返事をせずに、黙々と歩いている。

「ユリウスのこととか、発情のこととか、相談するんじゃなかったの？」

「ちょっと考え事をしているから」

尚もルゥルゥが問い続けるので、カナタは一言だけそう答えて、また無言で歩き続けた。


家の近くまで戻ってくると、食料品店に入り買い物を始めた。いつもよりも時間をかけてゆっくりと買い物をし、ようやく家に帰り着いたのは、デニスの家を出てから二時間ほど経った頃だった。

「カナタ、どういうつもりだよ。わざと遠回りして帰ったり、買い物もゆっくりしたり」

「だから考え事をしているって言っただろう？」

家の中に入ると同時に、ルゥルゥは姿を現した。カナタの肩に乗って文句を言っている。カナタは買ってきた食材を、キッチンの調理台に並べた。

「そういう話じゃなくてさ、なんでデニスに言わなかったの？」

「……もう一度……自分で確認してみようかと思って」

「何を？」

「……本当に……ユリウスが原因で発情したのか……」

「ええ!!」

カナタの言葉に、ルゥルゥはとても驚いて、カナタの肩から転がり落ちそうになった。

「な、何言ってるのさ！」

「うん、おかしなことを言っているのは分かってる。だけど……だけどちゃんと確認もしないで、不用意にデニスに話をしてしまうのは、なんだか良くない気がして……だって絶対心配させるし、ユリウスとの関係も解消になってしまうだろうし……」

カナタが懸命に言い訳をするので、ルゥルゥは呆れた顔で聞いていた。

「それに私がもう一度会いたいんだ。自分の気持ちを確かめたい」

さっきまでの言い訳と、少しばかり声のトーンが変わったので、ルゥルゥはすこし前のめりになって、カナタの顔を覗き込んだ。カナタは少しばかり頬を上気させて、なんだか嬉しそうにも見える。

「カナタの気持ちって？」

ルゥルゥはなんとなく分かってはいたが、一応尋ねてみた。

カナタは一瞬躊躇したが、思い切ったように口を開いた。

「あの人のことをどう思っているか……いやあの人のことを思っているこの気持ちが、一体なんなのかを確かめたいんだ。私も考えてた。あれからずっと……ずっと頭から離れることはない。考えていたら気づいたんだ。初めて彼に会った時から、この気持ちだったってことに……好き……だと思う。少なくとも嫌いじゃないし、無関心でもない。彼のことが気になって仕方がない。ずっとそうだったんだ。こんなこと今までないって……こんな風に誰かのことを、思ったりしたことがないって気づいたんだ。だから……もしかしたら……」

カナタはそこで言葉を飲み込んだ。唇をきゅっと固く結んで、頬を上気させている。止まっていた手を動かし始めた。野菜を一つずつ丁寧に洗う。

ルゥルゥは、カナタが続きを話し始めるのを待った。

一通り野菜を洗い終わると、カナタは水を止めて、蛇口に手をかけたままじっとしている。

「魂の番」

カナタがぽつりと呟いた。

「え？」

「魂の番かどうか……確かめたい」

「カナタ……」

「だってそうだろう？　こんなこと……薬でも抑えられない発情なんて……発情期でもないのにこんなことになってしまうなんて、普通じゃ考えられないし、気持ちだけの話じゃない。あの人のことが気になるっていう気持ちだけの話ではなくて、体がこんなことになるなんて……どう考えたってどれも普通じゃないよ。だけど彼が私の魂の番だというのならば、すべてが納得できる」

「だ……だけどそれを確認してどうするのさ。もしも本当にそうだとして……」

「母上が言ったんだ。魂の番に会うことが出来たら、迷うことなくその人を選びなさいって、躊躇することなく結ばれなさいって」

「じゃあカナタは、彼が魂の番だったら、結ばれるつもりなの？」

「それは……」

カナタは動揺したように、ふらふらと歩き出した。キッチンを離れて、ダイニングの椅子に腰を下ろした。

「それは分からないけれど……もしかしたらそうなるかもしれない。だってもしも次に、あんなことになったら……私はきっともう抵抗出来そうにない」

ルゥルゥは無言で、トンッとテーブルの上に降りた。カナタの正面に座り、じっとカナタの顔を見上げた。カナタは赤くなって、今にも泣きそうな顔をしている。

「カナタがそうしたいって思うなら、ボクは止めないよ。だけど違ったら……少しでも嫌だとか、違う

とか、本能で嫌悪感を覚えたら、すぐにボクを呼んでね。助けるから」

「うん、ありがとう」

カナタはようやく笑顔になった。


真っ暗な夜の道を一台の馬車が静かに走っていた。出来るだけ音を立てないように、慎重に馬を走らせているのが分かる。

馬車の中には、子供達が息を潜めて乗っていた。馬車の後ろには、ヴェルナーとカナタが立ち、辺りを警戒していた。

今のところ特に異常は見当たらない。国境付近に兵が配置されているような様子もない。いつもと変わらぬ田舎の風景だ。

現在のイディア王国は、近隣に敵対する国がないため、国境に関所は設けられていない。人々は自由に出入りが出来るのだ。だがまったく無防備という訳ではない。国境沿いには今も数ヶ所の支城が残されていて、国境警備の拠点として使われていた。

高い塔の上から、国境の監視は行われている。怪しげな動きの者がいればすぐに捕まるし、何かしら上からの指示が出れば、すぐにでも国境は閉鎖され検問されてしまう。

もしもカナタ達の活動が、この国の上層部や警察機関に知られてしまっていたら、直《ただ》ちに国境に兵が配備されていただろう。

馬車を静かに走らせているのは、監視に怪しまれないためだ。夜間に国外へ出る馬車が、慌ただしく走っていては夜逃げをしていると言わんばかりだ。四人乗りの小さな客車に、五人の子供達と世話係の大人をぎゅうぎゅうに乗せているのも、怪しまれないための秘策だ。大きな幌《ほろ》馬車では、中身を確認されないとも限らない。

馬車が森を抜けて、開けた平野に出ると、後ろに立っていたカナタ達は、身を屈《かが》めて馬車の後ろに張り付くようにして隠れた。夜だし遠目には分からないだろう。

馬車はゆっくりと国境を越えて、平野が続く道を進んだ。

「大丈夫そうだな」

ヴェルナーが囁いたので、カナタは黙って頷いた。後方を警戒しながらしばらく見張っていたが、さすがにもう監視塔からは見えないだろうという距離まで来て、ヴェルナーとカナタは立ち上がった。

「そういえばローラントの報告によると、例の情報は間違いなかったようだな」

安全を確信したヴェルナーが、緊張が解けたように話しかけてきた。

「はい」

「あの情報は大きかったよ。売人グループはいくつもあるから、それらをひとつひとつ探るよりも、仲介人を押さえておく方が、すべてと繋がるから話が早い。下手すると元締めまで辿り着けるかもしれないな」

「一番潰すべきは、仲介人や売人よりも、誘拐してくる組織です。売人と同一組織かどうかは分かりませんが、そこまで辿り着ければこの国でのオメガの売買を激減させることが出来ます」

カナタは怒りを込めてそう語った。ヴェルナーは頷きながら苦笑した。

「完全撲滅出来ないところが残念なんだけどね」

「買い手がいなくならないかぎり、完全になくすことは出来ません」

カナタも悔しそうに呟いた。

「協力者のユリウスさんみたいなアルファが、この国に増えてくれると良いんだけどね」

「……そうですね」

カナタは遠い目をしながら答えた。

馬車はしばらく走り、一軒の小さな農場に辿り着いた。そこは畑は荒れ、廃屋のようだった。

馬車を止めると、カナタとヴェルナーは先に馬車を降りて、辺りを隅々まで見て回り、異常がないことを確認した。二人はそのまま納屋に向かい、扉を数回叩いた。

するると扉がゆっくりと開き、中からカナタ達の仲間が顔を出した。

「ヴェルナー！」

「おお、ダニエル！　久しぶりだな」

現れた男性はヴェルナーの知り合いらしく、二人は嬉しそうに握手をして肩を叩き合った。

「じゃあ今回の移送役はお前か」

「ああ、オレと同じチームのあと二人」

カナタ達は互いに紹介し合った。

馬車で待機していた世話係のノーラとケビンが子供達を馬車から降ろして連れてきた。

「その子達だね」

「はい、よろしくお願いします」

子供達は少し不安そうな顔をしている。

「みんな、昨日説明したように、ここで馬車を乗り換えて、私達の国アネイシス王国に、この人達が連れていってくれるから、安心していいからね」

ノーラが優しく説明をする。

「ノーラさん達とはお別れなの？」

「そうよ、私達はまだイディア王国に残って、貴方達のようなオメガの子供達を助ける仕事が残っているの。でもきっとまた会えるわ」

子供達はこの数日で、すっかりノーラ達に懐いたようだ。あの家を出る時、きっとフリーダとも別れを惜しんだのだろう。

カナタはこの国に来て、すでに同じような光景を、何度も見てきた。別れは寂しいが、子供達のこの先の未来を知っている。みんなアネイシス王国に行けば、幸せな暮らしが待っている。

「話しただろう？　オレも十五年前は、お前達と同じだったんだ。アネイシス王国へ行けば、まともな暮らしが待っている。十分な教育も受けさせてもらって、自分の生き方を自分で決められるんだ。オレはこの仕事を選んだけれど、国に残って研究者の道を選んだ者、教育者の道を選んだ者、色んな仲間がいる。これからお前達を、アネイシス王国まで連れていってくれる人達もそうだ。みんな同じ境遇の仲間だから、安心して良いんだよ」

ケビンが子供達を宥めるように話すと、ようやく納得してくれたようだ。

「さあ、急ごう。みんなこっちの馬車に乗ってくれ」

ダニエルが用意してある大きな馬車をさして言った。全員がゆっくり余裕で乗れる大きな幌馬車だった。

「気をつけて」

ダニエル達移送チームは、子供達と共に出発した。

カナタ達はそれを見送り、再び乗ってきた馬車に乗り込んだ。

御者台にはヴェルナーとカナタが乗り、御者をしていたケビンはノーラと共に客車の方に乗った。

「では、戻ろう」

ヴェルナーがそう言って、馬に鞭を入れると、来た道をゆっくりと戻っていった。

それからしばらくの間、カナタ達はとても忙しくなった。ユリウスからもらった情報で、仲介人を特定出来たため、そこから三つの売人グループを探り当てられた。それは今まで知らなかった売人グループだったため、カナタ達は手分けしてアジトを見つけ出すことに奔走した。

カナタはユリウスに会う暇もなく、それは良いことなのか悪いことなのか、考える余裕もなかった。

見つけ出したアジトは潰していく。売人達には制裁を加えて、アジトにある性奴隷売買の証拠と共に、警察に突き出すのだ。

カナタ達はひと月かけて、三つの売人グループを壊滅させることに成功した。

「これでしばらくは平和ですね」

ローラントが嬉しそうに言うと、デニスは少し渋い顔をした。

「だが結局三つとも、誘拐組織ではなかった。誘拐を専門にしている奴らが他にいるってことだ。そしてそいつらを突き止めない限り、売人はまた新しくいくらでも出てくるだろう」

デニスが深刻な顔で言った。

「じゃあ、誘拐組織の情報を調べられないか、ユリウスさんに頼んでみるしかないね」

ヴェルナーがそう言ってカナタを見た。カナタが返事に困っていると、デニスとローラントもカナタを見つめるので、思わず視線を逸らす。

「は、話をしてみます」

カナタは動揺を誤魔化しながら、デニス達にそう答えた。


大学の近くの公園にカナタはやってきた。ベンチに座ると、本を読み始める。穏やかな昼下がり。季節はまもなく冬になろうとしていたが、その日は風もなく日差しが暖かだった。

しばらくして、カナタの隣にコリンが座った。

カナタの方から連絡を取る時は、この場所でコリンに言づける手はずになっていた。ユリウスが大学で講師をやる曜日の昼頃には、コリンがこの公園でトレーニングをしているからだ。

「話がしたいとお伝えください」

カナタは本から目を離さずに、隣に聞こえる程度の声でそう告げた。コリンは水筒の水を飲んでいる。飲み終わると、首にかけていたタオルで汗を拭う。

「承知した」

コリンはそう返事をして立ち上がり、そのまま走り去っていった。


翌日、カフェにユリウスが現れた。テーブルにつくと、コーヒーを注文し、代金と共にメモをカナタに渡す。それ以外の接触はないまま、コーヒーを飲んで帰っていった。

カナタはとても緊張していたが、ユリウスのあっさりとした態度に、少しばかり調子が狂ってしまった。

夕方、カフェの仕事を終えて、図書館へ向かった。今回は明るい色のカツラをつけただけで、女装はしなかった。メモに書かれた部屋へと向かう。

扉の前で一度深呼吸をした。大丈夫。今回は念のために即効薬を携帯している。万が一発情してもすぐに対処出来る。

カナタは決心して扉をノックした。

「ボクはここにいるから、何かあったら呼ぶんだよ」

耳元でルゥルゥが囁く。カナタは頷いて扉をゆっくりと開けた。

部屋の中にはユリウスが立って待っていた。目が合うと、ユリウスがぎこちない笑みを浮かべた。ユリウスも緊張しているようだ。

カナタは扉を静かに閉めた。

「……お会いいただきありがとうございます」

カナタは扉の前に立ったままで、挨拶の言葉を述べた。

「それはこっちの台詞《せりふ》です。来てくれてありがとう」

ユリウスが安堵した顔で答える。

「あの……この前は……」

「それはもう手紙を読ませていただきましたから……結構です。それより今日はお願いがあって来ました」

カナタはユリウスの言葉を遮った。今はまだその話をしたくなかった。大事な用件を伝える前に、逃げ出すような事態になりたくなかったからだ。

「分かりました……その……良かったら座って話しませんか？　私にあまり近づきたくなければ、私はこっちの椅子に座るよ」

ユリウスは部屋の中央に、ローテーブルを挟んで置かれた一人掛けのソファをカナタに勧めて、自分は奥の勉強用の机に置かれた椅子をさして言った。

カナタは双方を見つめながら考えた。向かい合うソファは、前回座っていたのと同等の距離に置かれている。あの距離ではまた発情してしまうだろうか？　もちろんそれは、ユリウスが魂の番であれば……の話だ。逆に言えばそれを確かめるチャンスでもある。

何も変化がなければ、前回がたまたまカナタの体調が悪かったのか、薬の効能が下がっていたことが原因ということになるだろう。

でも本当にそんな危険なことを試しても大丈夫なのだろうか？

「私はこっちに座るから、貴方はソファに座ってください」

黙って考え込んでしまったカナタを、警戒していると捉えたのか、ユリウスは離れた椅子の方に座ってしまった。

「あ……は、はい」

カナタは躊躇しながらも、仕方なくソファに座った。

「早速ですが、お願いしたいことは、誘拐組織を調べることは出来ないかということです」

気を取り直して、カナタは本題を切り出した。

「誘拐組織？」

ユリウスは怪訝そうな表情をした。

「先日いただいた仲介人の情報のおかげで、売人グループのアジトを三ヶ所潰すことが出来ました。しかしそれらの中には、オメガを攫ってきているという手掛かりは見つかりませんでした。それでリーダーの考えでは、別に誘拐組織があるのではないかというのです。ご存じの通り、オメガはアルファの親から生まれることもあります。そのため親から捨てられ売り飛ばされる場合もありますが、普通に育てられている子も少なくはありません。オメガ自体が希少な存在ですから、誘拐されることも多いのです」

「なるほど」

ユリウスは何度も頷いた。

「ではその誘拐組織を壊滅させなければ、オメガの奴隷売買は解決しないということだね」

「はい」

「分かりました。少し難しいかもしれないが、出来る限りあたってみます」

「ありがとうございます」

カナタは安堵の息を吐いた。

「でもこの前渡した情報が、有効活用されたようで嬉しいよ。三ヶ所もアジトを壊滅させるなんて、本当に貴方達はすごいですね」

「いえ、いただいた情報のおかげです」

カナタは少し照れくさそうにはにかんで俯いた。

ユリウスは優しく微笑みを浮かべながら、そんなカナタを見つめた。

カナタは視線を感じながら、俯いたままで考えていた。どうやってユリウスに話を切り出そうか？

「あの……」

カナタは顔を上げてユリウスを見つめた。

「こ……こちらに座りませんか？」

カナタは思い切ってそう言ってみた。膝の上に乗せた手は、ぎゅっと拳を握りしめる。

「え……」

ユリウスは驚いているようだ。

「こんなに離れているのもなんだし……わ、私は……平気ですから」

カナタがさらに促すように言うと、ユリウスは立ち上がりゆっくりと歩み寄ってきた。だがソファの後ろで立ち止まり、しばらく考え込むように視線を落とした。沈黙が流れる。

「どうかなさいましたか？」

カナタは恐る恐る尋ねた。するとユリウスは視線を上げてカナタをじっと見つめた。

「カナタさん……貴方はオメガですよね」

「え!?」

突然の言葉に、カナタはとても驚いて絶句してしまった。咄嗟に誤魔化す言葉さえ出てこない。

「実はずっと考えていたのです。カナタさんはオメガなんじゃないかって……その美しい容姿はベータらしくないと思ったのが最初なんですが……それでは大した根拠にはならないというのに、ずっと引っかかっていて……それで貴方のことを好きだと自覚してから、あることに気づいたんです。初めて会った時、貴方は私の傷の治療をしてくれた。あれは魔法を使いましたよね？　貴方は癒やしの魔法が使える。ベータは魔力を持っていません。魔法が使えるのはアルファかオメガだけです」

ユリウスの言葉に、カナタは血の気が引く思いがした。誤魔化さなければオメガとバレてしまう。

「ま、魔法が使えるベータだっていますよ。私は……少しだけですが使えるんです」

「いいえ、ベータは絶対に魔法が使えない。大戦後、封印された事実なので、今となっては知らない者の方が多いけれど、貴方はきっと知っているはずです。アルファとオメガはかつてのエルヴァ人、ベータはかつてのヴォート人だ。たとえアルファとベータが結婚して混血の子が生まれたとしても、ベータとして生まれた子には魔力は引き継がれない」

カナタはぎゅっと拳を握りしめた。冷や汗が出てくる。酷く動揺して、どうすればこの場を逃げられるだろうと、ぐるぐる考えていた。ルゥルゥを呼ぼうか？　そう思った時だった。

「カナタさん、なぜそんなに怯えた顔をするのですか？　貴方がオメガだからと言って、私が何かすると思うのですか？　オメガ救出を手助けしている仲間だというのに！」

ユリウスが声高にそう言ったので、カナタは我に返りユリウスを見つめた。ユリウスは一瞬厳しい表情を見せたが、目が合うとすぐに柔らかく微笑んだ。

「私が信じられませんか？　貴方がベータだろうとオメガだろうと、そんなことは関係ないではありませんか。私がオメガに対して差別意識を持っていないと信じてくださるから、手を組んでくれたのでしょう？　ならば貴方がオメガだとしても同じことです。私が貴方を見る目が変わる訳ではありません。むしろそこをはっきりさせた方が、私も貴方を傷つけずに済むと思ったのです。先日、あんな風に取り乱してしまったのも、貴方がオメガだと知らずに、不用意に近づいてしまったからでしょう。こうして一定の距離を取れば、貴方に嫌な思いをさせずに済むはずです」

ユリウスはとても優しい口調で、カナタを宥めるように語った。

「正直に申し上げると……あの時私は発情しかかっていました。弁明させてもらえるならば、私は今まであんな風に場所もわきまえず、相手の気持ちを無視して発情するなどしたことはありません。もっと言えば、オメガの方とそのようになったこともありませんね。貴方だってそうですよね？　普段はちゃんとそうしてベータに偽装している。どうやってそこまで完璧に偽装できるのか分かりませんが……少なくともわざと発情を促すようなことを、貴方がするはずがない。私も貴方を信じています。だからこそこうして貴方に会っているのです」

ユリウスの言葉には、嘘や誤魔化しは感じられなかった。その優しさは本物だと思えた。カナタは少し頬を染めて、ユリウスを見つめ返す。気持ちを落ち着けようと深呼吸をした。

「そうです……私は……オメガです」

カナタは消え入るような声で告白した。

「そうですか……良かった」

ユリウスは安堵したように微笑んで頷いた。ソファの背に手をかけると、少しばかり引いて、カナタとの距離を開けてから座った。

「これくらいならば大丈夫でしょうか？　あ、いや……そもそもアルファがオメガのフェロモンに誘発されてヒートを発症してしまうのは、オメガが発情している時だけだと思うのです。発情期ではないオメガには、近づいても大丈夫なはずなのですが……この前の原因が分からないので用心のためです。また貴方を怖がらせたくないし……私も節操のない男だと思われるのは恥ずかしいですから」

ユリウスは少し赤くなって、困ったように頭を搔いた。

「そうだ。貴方がオメガだと分かったら、もうひとつ誤解を解いておきたいことがあるんです」

ユリウスはまだ少し顔が赤かったが、真剣な表情をして続けた。

「私が貴方を好きだというこの気持ちは、貴方のフェロモンのせいではありません。あの時発情した勢いでそんなことを言ったのでは決してありませんから。ずっと冷静になって真剣に考えた上で、貴方のことが好きだと思ったのです。貴方のことをベータだと思っていた頃から好きですし、オメガと分かった今も、まったく気持ちは変わりません」

そんな言葉を、真剣な顔で改めて言われてしまい、カナタは耳まで赤くなった。顔が熱い。熱が出てしまいそうだ。

「あ、すみません、なんだか私ばかり一方的に話をしてしまっている。こんなに好きだ好きだと言われるのはご迷惑ですよね？」

「め……迷惑ではありません……ただ、その、本当なのでしょうか？」

真っ赤な顔で、ようやく口を開いたカナタが、おずおずと尋ねたので、ユリウスは意味が分からずに首を傾げた。

「なんのことですか？」

ユリウスは優しく微笑みながら聞き返した。

「ユリウスさんが……オメガの私を好きだということです。ユリウスさんがオメガに対して差別をしないということは分かっています。ですがそれとこれとは別。オメガを偏見なく普通の人間として扱うことと……オメガを愛することは別だと思うのです。

ですから……」

「カナタさんは不思議なことを言うのですね？　別ではありませんよ。同じことです。オメガに偏見がないということは、私にとってはアルファもベータもオメガも同じだということ。つまりアルファを愛することもオメガを愛することも同じだということです」

　カナタは心臓が跳ね上がった。体中の血が沸騰してしまいそうだ。

『魂の番』

　カナタの脳裏にその言葉がよぎった。ユリウスが本当に自分のことを愛してくれるというのならば、魂の番だと思っても良いのだろうか？　信じても良いのだろうか？　このことを告白してしまっても良いのだろうか？

　カナタは動揺しつつも、ぐるぐると様々な思いが胸を掻き乱していた。


　ユリウスはあることを確信していた。そのためひどく高揚して、子供のようにはしゃぎ回りたいくらいだ。それをなんとか理性で押し留めている。

　ユリウスの高揚の原因は、目の前にいるカナタの様子だ。その陶器のように白く滑らかな頬を、これ以上にないほど赤く染めて、漆黒の瞳は潤んできらきらと輝いている。

　そんな表情で、そんな眼差しで、じっと見つめられたら、どんなに鈍感でもさすがに分かる。察しがつく。

　カナタがユリウスに好意を寄せてくれていると分かる。もしもこれが勘違いだというのならば、思わせぶりにもほどがあると、怒ったって構わないだろう。

　だが焦りは禁物だ。と、ユリウスは自分に言い聞かせた。前回の失敗が良い教訓だ。カナタを怖がらせ嫌われてしまっては、せっかく両想いになるチャンスを、みすみす潰すことになってしまう。

恋愛に関しては、自分でも決して得意ではないことは重々承知している。社交界で、淑女達のご機嫌を取るために、やんわりと話し相手をするのとは訳が違うのだ。

本気の相手だから、慎重にしつつ想いはきちんと伝えなければならない。

今話しただけでも、カナタは自分がオメガであるため、アルファと愛し合うことは出来ないと思っているのが感じられた。

もっと慎重に言葉を尽くさなければならない。本気で好きだということを理解してもらえるまで……。

「カナタさん……実は……私は今少しばかり緊張していて、私の想いを貴方に伝えるために、真剣に話しているつもりですが……やはり上手く言えていないようです。さっきも言い方を間違えてしまいました。私は偏見はないから、アルファを愛するのもオメガを愛するのも同じだと言いましたが、この言葉は間違いです。訂正させてください」

ユリウスはそう言って一度深呼吸をした。

「私にとって貴方を好きだという気持ちに、アルファもオメガも関係ないのです。貴方が何者だとしても関係ありません。私は貴方が好きなんだ。カナタさんが好きなんだ。愛している。他の誰でもない。貴方の代わりはいない。私は貴方のためならば、すべてを捨てても構いません」

ユリウスはカナタの表情を窺いながら、慎重に言葉を選んで伝えた。

「ユリウスさん」

カナタがうっとりとした顔で名前を呼んだ。その表情と声に、ユリウスも煽《あお》られるように高揚する。この激しい胸の高鳴りは、決して発情ではないはずだ。でも今カナタに口づけをしたいと思ってしまっているのは、やはり発情のせいなのだろうか？

ユリウスも少しばかり混乱してきた。

なんとか落ち着こうとくるりとカナタに背を向け

て深呼吸をする。

「ユリウスさん」

カナタがもう一度名前を呼んだ。

「は、はい」

ユリウスが振り返ると、カナタの熱い眼差しがあった。

「ユリウスさん、私も……私もユリウスさんを好きだと言ったら……いけないでしょうか？」

「い、いけないことなどある訳ないじゃないですか！」

ユリウスが思わず大きな声を上げたので、カナタは驚いて目を丸くしたが、くすくすと笑い出した。

「す、すみません」

「いえ……ユリウスさんの色々な表情が見れて嬉しいです。それに……好きだと言ってもらえて……本当に嬉しいです」

カナタがはにかむように笑ったので、ユリウスはぼーっと見惚れてしまった。

「それは私の想いを受け入れてくださると思っていいのですね？　私の恋人になってくれるのですね？」

「え？」

カナタは一瞬固まったように動きを止めた。

「恋人……？」

「そうです。相思相愛なのですから、恋人になってくれますよね？」

ユリウスに言われて、カナタが考え込んでしまったので、また焦りすぎて失敗してしまったのかと、ユリウスはとても動揺してしまった。

「嫌ですか？」

ユリウスがもう一度尋ねると、カナタは目を伏せて黙ってしまった。

それまでの高揚が、一瞬にして冷めてしまった。何か間違えたのだろうか？　怒らせてしまったのだろうか？　ユリウスも色々な思いを巡らせて言葉を失ってしまった。

しばらくの間沈黙が流れた。やがてカナタがゆっくりと視線を上げる。

「ユリウスさんは……『魂の番』をご存知ですか？」

「え？」

ユリウスは一瞬考えたが、思い出したように何度も頷いた。

「知っています。聞いたことがあります。アルファとオメガの間にある番関係よりももっと深い……この世でたった一人の運命の相手」

「そうです。アルファはオメガを強制的に自分の番にすることが出来ますが、魂の番は生まれた時から運命によって繋がっています。ですからたとえすでに他のアルファに番にされていたとしても、魂の番とは惹かれ合う。発情期でなくても求め合ってしまう」

「……カナタさんには魂の番がすでにいるのですか？」

ユリウスは途中まで聞いたところで、はっとしたように顔色を変えて言った。

「いいえ、いいえ、違います……ただ、ユリウスさんが私を恋人にしたいと言ったので、それは番になるということなのか確認したくて……」

「もちろんだよ！　貴方が私の番になってくれるというのならば、番になって欲しい！」

ユリウスは嬉しそうな顔で同意した。沈みかけていた気持ちが、一気に高まる。

「あの……あの……こんなことを言って……おかしいと思われるかもしれませんが……私は……ユリウスさんが……私の魂の番ではないかと思っていたのです」

「え？」

「私も初めて会った時から、ずっとユリウスさんに惹かれていて……今までこんな風に、誰かを想ったことがなくて……それにこの前のここでのこと……私はベータに偽装するために、いつもちゃんと抑制剤を服用しているし、あの時は発情の時期でもありませんでした。だけど貴方の近くに寄っただけで発情してしまった……だから……」

「今は?」

「え?」

カナタはユリウスの言葉の意味が分からず、きょとんとした様子で見つめ返した。ユリウスは高揚した表情で言葉を続けた。

「今は発情期なんですか?」

「い、いいえ……でも抑制剤は服用しています」

「じゃあ……試してみますか? また発情するかどうか」

ユリウスの誘惑の言葉に、カナタは飛び上がるほど驚いた。心臓が破裂してしまいそうだ。耳まで熱い。自分の指先まで、全身が赤くなっているのが分かる。一瞬誘惑に流されて頷きそうになった。

「だ、だめです。ここでは……だめです。もしも……もしも発情してしまったら……今度は抑えられる自信がありません。貴方は発情を抑えられますか? 私は……ヒート状態のアルファがどうなるのか知りません。ここでは……だめです」

カナタは両手でぎゅっと胸元を押さえて、恥ずかしさを必死に堪えながら、誘惑を退けた。

ユリウスはそんなカナタを見つめながら、自分の中に抑えられない燃えるような感情を抱いていた。カナタを欲しいという浅ましいほどの厭《いや》らしい感情だ。アルファの本能なのかもしれない。自分にそんなものがあるとは思わなかった。

頭の隅で止めろという声がする。だが荒々しい感情がそれを振り払った。

「じゃあ場所を変えよう」

「え?」

「カナタ……君を私の番にしたい。魂の番なのか確かめたい」

その熱のこもった言葉に、カナタは無意識に頷いていた。

カナタは扉の前に立ち尽くしていた。すでに後悔している。

ユリウスの後についてホテルに来ていた。図書館からはそう遠くない距離にある高級ホテルだ。フロントですれ違った客のほとんどがアルファだった。

まるでユリウスの……アルファの誘惑の鎖に繋がれてしまったかのように、抵抗する気もなく黙って後をついてきた。だが部屋に入って、大きなベッドを見たら、突然、正気に返ってしまった。体の熱が冷えていくのが分かる。

自分は一体これから何をしようというのだろうか？　ユリウスの番になる。本当にそれで良いのだろうか？　ユリウスのことは好きだ。とても惹かれている。彼の愛の言葉に心を完全に奪われてしまった。

でも自分はアネイシス王国の皇太子という立場で、今はオメガ救出部隊に所属し、諜報活動をしている。大切な任務の最中だ。それなのに、他国のアルファと番になるなんて……そんなことが許されるのだろうか？　仲間はどう思うだろう？

『どんな結果が待っていようとも、魂の番に出会ってしまったならば、その者の手を取りなさい。結ばれることを躊躇してはなりません』

また母の言葉が脳裏に浮かぶ。

「やっぱり嫌だよね」

ユリウスに声をかけられて、カナタは我に返った。ベッド脇にユリウスが立ってこちらを見ていた。

「ごめん……私がどうかしていたんだ。やっぱり君の前だと私は冷静でいられなくなるみたいだ。君の気持ちを聞いて舞い上がってしまったんだ。魂の番かどうか確かめようなんて……それでホテルに来るなんてどうかしてる。互いの気持ちを告白し合ったばかりで、まだ恋人とも言えない関係だというのに……なんて節操のない……」

ユリウスは自嘲気味に笑って肩をすくめた。硬い表情で扉の前に立ちすくんでいるカナタを見て、自身の行動を非難したのだ。

「いいえ、違うのです！　決して嫌な訳ではないのです。ここには、私の意志で来たのです。もう大人なのですから、それがどういうことか、私も分かっています。ユリウスさんが節操のないと言われるならば、私だってそうです。のこのことついてくるなんて、淫乱だと思われても仕方ありません」

カナタは慌てて弁明をした。両手の拳を握りしめて、ベッドの近くへと寄っていく。

ユリウスはそんなカナタを、最初は驚いたように見つめていたが、ふっと表情を緩めると、クスクスと笑いながら額に手を当てた。

「私も君も、浮かれてしまっているみたいだ。少し頭を冷やそう」

ユリウスはそう言って、部屋に設置されているバーカウンターに用意されているグラスを二つ取り、水を注いで運んできた。テーブルの上に置き、ソファに腰を下ろす。

「座って」

向かいのソファに促されたので、カナタは大人しく座った。ゆったりとした作りの豪奢《ごうしゃ》なソファは、図書館にあったこぢんまりとしたものに比べると、相手と十分な距離があるので、これならば互いのフェロモンに誘発されることはないだろうと思った。

「ユリウスさん……私がこの部屋に入るのを、躊躇っていたのには訳があるのです。実は……私はこの国の人間ではありません。ある国から諜報員として派遣されてきているのです。ただ諜報員と言っても、この国の内情を探るためではありません。任務はご存知の通り、オメガを救うためのもの……私の国は……オメガを主体としている国なのです」

「オメガの？」

「はい、国王も……国の主たる役職の者もすべてがオメガです。国民の半分がオメガの国なのです」

「え？　それはどちらの国ですか？」

ユリウスが興味津々と言った様子で、前のめりに尋ねてきた。

「……他国とは一切国交を断っている国です。場所も秘密にしています」

カナタは申し訳なさそうに言った。それは国名すらも言えないのだと、ユリウスに察して欲しいと遠巻きに言ったものだ。ユリウスの顔色を窺うと、意を汲《く》んだというように頷いてそれ以上は尋ねなかった。

「君が国を捨てられないというのならば、私が国を捨てるよ。ああ……でも君の国に私は入れてもらえないのかな？」

「ま、待ってください！　そんな……そんな簡単に国を捨てるなど、冗談でも言ってはいけません」

「簡単に言っているつもりはないよ。だけど君とどちらを取るかと言われたら君を取るよ。……正直に言うと、自分でも驚いている。誰かに恋して……それもまだ相手のことを何も知らないというのに、心はすっかり虜《とりこ》になっている。こんなにも狂おしいほど、誰かを好きになるとは思わなかった」

カナタはその言葉に、うっとりとしてしまったが、我に返りぎゅっと強く目を閉じた。両手を握りしめる。

どんどんユリウスに惹かれていく。彼の甘い言葉に心を鷲掴《わしづか》みにされてしまう。自分が自分ではなくなりそうで、冷静な判断が出来なくなりそうで怖くなった。

「例えば君が私を受け入れてくれて、番になってくれたとして……君の国に私が行くことが出来なかったとしても、私はこの国を出るよ。この国はオメガである君が、平和に暮らすことは出来ない。どこか別の国に行こう。君の国の近くか……もう少しオメガが住みやすい国を見つけて、そこで一緒に暮らしても良い」

「ユリウスさん」

「そうだ……こうしよう。せっかく君も覚悟を決めてここまでついてきてくれたのだろうから、魂の番かどうかだけ確かめよう。それでももしも違ったら……ああ、違ったからと言って、私は君と番になることを諦める訳ではないよ？　違ったら……君が私と番になっても良いと思ってくれるまで、ゆっくりと愛を育もう。私は待つよ」

ユリウスはいつもの穏やかで優しい笑顔を向ける。カナタは眉根を寄せて、じっと見つめ返した。そんな条件提示はずるいと思った。カナタにとっての選択は、ユリウスと恋人になるか、ならないかの二つしかない。恋人になるのならば、ただの付き合いはしたくない。カナタには遊びの関係など無理だ。付き合うならば番になりたい。ホテルまで来た以上、番になるつもりで来た。だから悩んでいるのだ。

カナタの中には、ユリウスとは魂の番であるという確信がある。

魂の番に出会えるなんて、奇跡に近いことだ。誰もが憧れる存在だ。結ばれたい。離したくない。母も許してくれた。だけど任務は？　仲間は？　彼らになんの相談もなく、勝手に番になっても良いのだろうか？　と悩んでいるだけだ。ユリウスが相手だということには、なんの不安も迷いもない。

ユリウスが一生懸命カナタを気遣っているのが分かる。本当にアルファらしくない人だと、心の中で苦笑した。

「いいですよ……でもどうやって魂の番かどうかを確かめるのですか？」

「そうだね……私が君を抱きしめてみて……それ以外は何もしなくて、それで互いに発情してしまったら、魂の番という証拠にならないかな？　今、君は発情期ではないし、薬も服用しているんだよね？　まあ実際のところフェロモンは感じられない。発情期のオメガならば、この距離でもフェロモンを感じるはずだ」

カナタは頷いて、左手の袖口を少しまくり手首を見せた。

「一見しては分かりませんが、手首に特殊なバンドを装着しています。発情抑制剤を服用しているのももちろんですが、この手首のバンドがオメガの体から常に発している極微量なフェロモンも完全に抑えています。これによってベータに擬態が出来るのです。発情期でなくても、この体から発している極微量なフェロモンは、アルファには感じられるので、どんなにベータを装ってもアルファにはバレてしまいます。でもこのバンドによって、アルファも騙すことが出来るのです」

カナタに説明されて、ユリウスは目を凝らしてじっとカナタの手首を見つめた。

よく見ると確かに、手首の一部が実際の肌と質感の異なる部分がある。しかし言われなければ分からない程度だ。

「それは……どういうバンドなのですか？　どんな仕組みになっているのです？」

「魔法具の一種です」

「魔法具……そんな魔法具は見たことがない。すごいね……君の国ではこういうものを作っているのですか？」

「はい、オメガが日常を過ごしやすくするための薬や魔法具の研究をしています。我が国で開発した発情抑制剤は、とても強力に発情を抑えますが、体への負担はかなり軽減されています。この国も含めて一般に流通している薬のように、頭痛や倦怠感《けんたいかん》などの副作用は一切ありません。ですから仕事にも支障はなく、ベータと変わりなく働くことが出来ます」

ユリウスは瞳を輝かせて嬉しそうに首を振った。

「いやいや、とんでもないよ！　それが本当ならば、ベータと同じどころかアルファと同じだけの優秀な能力を発揮出来るじゃないか！　オメガは頭脳も身体能力も、アルファと同じくらいに優れている。発情という身体的な足枷《あしかせ》さえなければ、この世の中でもっと地位も向上しているはずなんだ。遥か昔……アルファとオメガは、同じエルヴァ人として共に国を栄えさせてきたはずだった。先の大戦でそれらの事実がすべて歴史から消されてしまったけれど……我が国にも禁書とされているが、王家の宝物庫にそれらを記した書物があると聞いている」

「我が国ではエルヴァ人が残した書物を元に、研究を行い薬や魔法具を開発しているのです。でも……なぜユリウスさんが、禁書のことをご存知なのですか？　エルヴァ人のことも……今やほとんどの人々が知らない話です」

カナタが不思議そうに尋ねた。

「私が大学で教えているのは歴史学だよ。だがもちろんヴォート人やエルヴァ人の詳細な歴史に触れることは、我が国でも禁止されている。だから警察に捕まらない程度のぎりぎりの線で、歴史を教えているんだ。しかし私の授業を聞いて、禁忌とされている歴史に興味を持つ生徒もいる。そんな生徒達を集めて、秘密裏に大戦以前の歴史の研究をしているんだ。彼らは私の同志であり協力者だ。奴隷解放の手助けもしてくれていた。オメガ売買の情報協力の一部も、彼らからのものだよ」

カナタは目を丸くして聞いていた。本当にユリウスは、変わり者のアルファだと思った。そもそも大学の講師をしていると聞いた時も、変わっていると思った。

本来アルファならば、教授になって自分のやりたい研究だけをするというのが普通だ。博士の学位を持っているだけで、講師や助教授などを飛び越えて、すぐに教授の地位がアルファには約束されている。

それなのに講師として、学生を教育しているなんて、アルファとしてはとても珍しい。

カナタは思わず噴き出して、クスクスと笑い始めた。

ユリウスは首を傾げてカナタを見つめた。

「どうしたんですか？」

「いえ……ユリウスさんのことを、知れば知るほど……面白いと興味が湧いてきます」

「それは嬉しいね」

ユリウスが本当に嬉しそうに笑ったので、その笑顔が眩《まぶ》しくて、カナタは思わず見惚れて赤くなった。

「さてと……話が逸れてしまったけれど……どうしますか？　試してみますか？」

「……た、試します」

カナタは赤い顔で頷いた。


二人はベッドの側まで移動した。

二人共ジャケットを脱いで、軽装な格好でいる。カナタはつけていた赤毛のカツラも脱いでいた。

「じゃあ……抱きしめますよ？」

「はい」

「……なんだか……情緒がないですね」

「そうですね」

ユリウスが苦笑したので、カナタも釣られて思わず笑った。だがその笑いも瞬時に引っ込んでしまう。なぜならユリウスが、両手を広げてカナタの体を包み込むように抱きしめたからだ。

強くはないが、しっかりと体が密着するくらいに抱きしめられた。ユリウスの肩口に顔を埋《うず》めて、カナタは早鐘のように鳴る心臓の音を感じていた。

発情でなくても、恥ずかしくて顔も手も足も真っ赤になりそうだ。血が沸騰してしまいそうなほど、全身が昂ってくる。これがただの羞恥によるものなのか、発情によるものなのか、カナタには判別出来なかった。

「君の香りに眩暈《めまい》がしそうだ」

「え？　香り……？」

香水なんてつけていないのに……と思った時、カナタも異変に気づいた。これは羞恥による動悸《どうき》ではない。ユリウスのことが好きだと思った時の昂りではない。

急激に体が変化していく。息が乱れ、体が熱を持ち、厭らしい感情が次々と湧き上がってくる。

下半身の疼きが、自分ではどうしようもないほど、加速度的に高まっていく。

何もしていないのに、ただ抱き合っているだけなのに、今にも射精してしまいそうだ。

そう思った時、カナタの首筋を、ユリウスが強く吸い上げた。ぞくりと痺れて腰が抜けそうになる。

「ユリウス……さん」

「カナタさん……すみません……我慢出来ませんん……」

熱い息遣いでユリウスが囁いた。カナタがはっとして見ると、獲物を見つめる獣のような瞳がそこにあった。あの優し気な眼差しではない。ユリウスが別人のように見えた。

しかし怖いとは思わなかった。むしろ自らの身を差し出したくなるような、滅茶滅茶に犯して欲しいと強請《ねだ》りたくなるような喜びに、体が打ち震えた。

口づけを望むように、くいっと顎《あご》を上に向けると、ユリウスが嚙みつくような荒々しさで、カナタの唇を強く吸った。


それがすべての始まりだった。

互いを貪り合うように、激しく口づけを交わしながら、もつれ合うようにベッドに倒れ込んだ。ユリウスの手が乱暴にカナタの服を剝ぎ取り、あっという間に全裸にすると、今にも達してしまいそうなカナタの性器を左手で摑んだ。

すでに自身が漏らしている蜜で濡れていたが、ユリウスに摑まれて少しばかりもまれただけで、カナタはどくんと腰が跳ねて射精してしまった。

オメガ特有の小さめな性器は、陰嚢《いんのう》も含めてユリウスの手のひらにすっぽりと収まってしまう。にぎにぎと左手が、射精してもまだ硬くなったままの性器をもみ続ける。

「あっあっあっ……やぁ……いやぁ……あっあぁぁっ」

カナタは体を震わせて身悶《みもだ》える。今まで経験したことのない、凄《すさ》まじいほどの快楽だった。羞恥心など忘れたように、足を開き腰を震わせ嬌声《きょうせい》を上げる。

その艶のある甘い喘《あえ》ぎ声は、ユリウスの耳を心地よく刺激し、理性を失わせていく。カナタのフェロモンがどんどん濃くなっているようだ。むせ返るほどの媚薬《びやく》に息が苦しい。空いている右手でネクタイを乱暴に外し、シャツの胸元を開いて大きく息を吐いた。こんなに息が上がるほど興奮したことはない。

全身を朱色に染めて、あられもなく乱れた姿を曝《さら》す美しい人を、眼下に見下ろしながら、それを征服しているような充実感と、すべてを奪いたいという荒々しい感情が、ユリウスを支配していた。

ズボンの前を開き下着を下ろすと、限界まで怒張した昂りが勢いよく姿を現した。いつもの倍ほど太く長く勃起していた。腹に付くほど反りあがっている。ここまでになったことは今までない。

ユリウスは唇を舐めて、ニヤリと笑みを浮かべた。

「カナタ……君が欲しい……君のすべてが欲しい……私のものにしたい……君の中を私でいっぱいにして、私の印を刻みつけたい」

ユリウスは囁きながら、カナタの胸に顔を寄せ、淡い色の乳頭を軽く噛んで舌で舐めあげた。

「あぁぁっっ！　うぅっあぁっ！」

カナタは大きく喘いで背を反らせた。ユリウスの手の中でまた射精している。溢《あふ》れた白い精液が、股を伝って流れ落ちて、後孔を濡らした。まだ触れられてもいないその小さな孔《あな》は、まるで十分に愛撫《あいぶ》されたかのように、赤く熟れて自ら口を開いている。

ユリウスは右手を、カナタの腰から尻にかけて、ゆっくりと撫でるように滑らせた。びくびくとカナタの体が反応する。

指先が柔らかな丸い臀部《でんぶ》を撫で、双丘の谷間に入り込み、窪《くぼ》みに辿り着いた。濡れたその孔に中指の先を押し入れると、くちゅりと厭らしい音を立てた。

「あっあっあっあっ」

カナタは顎を突き上げて切ない声を漏らす。無意識に腰を浮かせて、もっと奥まで指を入れて欲しいとでもいうように喘いだ。

「ずいぶん柔らかいね……まだ解してもいないのに、こんなに指が楽に入るよ？　ほら……もう三本も飲み込んだ……自分で弄《いじ》ったの？」

「やぁ……あっあぁぁっ……ちがぅ……いじって……ない……あっあぁぁっ」

カナタは泣きそうに顔を歪めながら首を振った。

「ごめん……嘘だよ。そんな風には思っていないよ……これは君が……私を受け入れようと……体を開いてくれているんだね」

ユリウスは熱い息を吐きながら、カナタを宥めるように囁き、唇を吸った。

「んっ……」

カナタもそれに応えるように、唇を吸い返す。舌を絡め合い、夢中で口づけを交わし合う。

ユリウスがゆっくりと顔を上げると、ツーッと唾液が糸を引いた。ユリウスは口の端を上げて、ペロリと舌で舐めあげる。


「入れるよ」

一言呟いて、ユリウスはカナタの腰を摑み、開かれた両脚の間に体を入れると、昂りをカナタの中へ挿入させた。

太く大きな先端を孔に押し当てると、それはゆっくりと口を開くように飲み込んでいく。半分ほど入ったところで、ゆさゆさと腰を前後に揺さぶった。

「あぁぁぁぁっ！　大きいっ……ああっ……やぁ……ああっ」

抽挿する動きに合わせて、カナタの腰も揺れて喘ぎ声が漏れる。体の中を熱い塊が乱暴に蠢《うごめ》いて、内壁を擦《こす》り掻き乱される。カナタは初めての経験に混乱してしまっていた。

ユリウスは恍惚《こうこつ》とした表情で、そんなカナタを見つめながら、腰を動かし続けた。

最高の快楽。それは今まで経験したことのないセックスだ。下半身にすべての神経が集まっているようだ。男根から得る快楽が、気を失ってしまいそうなほど心地良い。

カナタの中は、とても温かくて気持ちいい。内壁が陰茎《いんけい》を包み込み絡みつくようだ。気持ち良すぎて腰の動きが止まらない。

カナタとひとつに繋がることが、この世の最高の快楽だったのだと思い知らされた。

「あぁぁっ……やだ……おかしく……なりそう……」

カナタが切ない声を上げた。

「気持ち良くない？」

ユリウスが尋ねると、カナタは薄く目を開けてユリウスを見た。

「気持ちいい……」

カナタがうっとりとした顔で呟いた。

「ハハ……最高だ」

ユリウスはカナタの腰を両手で摑んで、ぐぐっとさらに深く腰を入れた。根元までしっかりと挿入する。

「あああっあぁぁっあっ」

最奥まで突き上げられて、カナタは身を捩《よじ》らせて喘いだ。

ユリウスは深く挿入したままで、上下左右に腰を揺らした。カナタの中で太く熱い塊が暴れまわる。

カナタの腰が痙攣して何度も射精する。その度に内壁が収縮して、ユリウスの肉塊を締め付けるように愛撫した。カナタは何度達しても、その陰茎が萎《な》えることはなかった。

ヒート状態のオメガの性欲は凄まじい。一度咥え込んだら、相手の精液が枯渇するまで離さないと揶《や》揄《ゆ》されるほどで、だから性奴隷にされてしまうのだ。

だがそれと対になるかのように、ヒート状態のアルファの性欲も凄まじかった。オメガを翻弄させるほど、犯し続ける。

「出すよ」

ユリウスが呟いた。それと同時に、カナタの中で熱い塊が爆発した。

「あ……あ……」

カナタは思わず息を呑んだ。体の中に注がれる熱い迸《ほとばし》りを感じたからだ。密着しているユリウスの腰がビクビクと痙攣している。

ユリウスが自分の中に射精していると感じただけで、カナタはまた達してしまった。

「あぁっあっ……ユリウス……ユリウス」

カナタが何度も名前を呼ぶので、ユリウスは嬉しそうに微笑む。

「君は私のものだ」

熱を持った眼差しで見つめながら囁いた。

「あっ……あぁっ……まだ……まだ出てる……」

「ああ、君の中に注ぎ込むよ」

カナタの中で、ユリウスの男根が痙攣しながら、精液を吐き出し続けている。アルファの射精は長い。深く繋がったまま、最奥に熱い迸りを注がれ続けて、カナタは見悶えながら、二度三度と達してしまった。

「あぁぁ……お願い……もう……許して……」

「だめだよ。射精が終わるまで、君の中から引き抜くことが出来ないんだ。知っているだろう？　ヒート状態のアルファは、陰茎の根元に瘤《こぶ》が出来て、射精が終わるまで抜くことが出来なくなる」

「あぁぁぁ……溢れちゃう……溢れちゃうよ……」

「大丈夫だよ……溢れても良いくらいたくさん注ぎ込むから」

ユリウスはそう言いながら、カナタの上体を少し抱え上げた。横向きになるように動かしながら覆いかぶさる。項に口づけると歯を立てた。だが思っていた以上に硬くて噛みつくことが出来ない。

ユリウスは驚いて顔を上げた。

「首輪をしていないと思ったんだが……」

「視《み》えない……首輪があるんです……」

カナタは朦朧とした様子で答えると、両手を自分の首にかけて、きゅっと締めて回すような動きをした。するとカチャリと小さな音がして、カナタの首から透明の首輪が外された。ユリウスはそれを受け取り、不思議そうに見つめる。

「噛んでください」

カナタが甘い声で促したので、ユリウスは我に返ると、首輪を横に置いて再び覆いかぶさった。項に歯を立てて噛みつくと、カナタの体が震えて甘い声を上げた。

ユリウスは腰を揺すり続けて、残滓《ざんし》まで絞り出すように射精を続けた。


ぼんやりと目を開けると、目の前に優し気に微笑むユリウスの顔があった。

「気がついた？」

「あ……私は……眠っていたのですか？」

「いや、少しばかり気を失っていたみたいだ。でもそんなに長い時間じゃないよ」

ユリウスがそう言って、優しくカナタの頭を撫でた。

「すまない……ずいぶん乱暴に抱いてしまったみたいだ。自分でもこんなになるなんて思わなかった。まるで二重人格みたいだね……怖い思いをさせてしまったと思う。申し訳ない」

ユリウスは心から後悔しているというように、沈んだ表情で何度も頭を下げた。

「いいえ、いいえ……私もほとんど朦朧としていて……私こそすごく乱れてしまって……恥ずかしいです」

「体は辛くない？　発情は治まった？」

「はい……たぶん……番の印をつけてもらったせいか……」

カナタはそう言って、恥ずかしそうに項を擦った。

「私達は魂の番だね」

ユリウスがニッコリと笑って言った。

「魂の番」

カナタは目を大きく見開いて、その言葉を反芻する。

「私はこの世で唯一人の愛する者を手に入れること

が出来たんだ。こんなに嬉しいことはない。誰も私達を引き離すことは出来ないよ」

「ユリウス」

「君は後悔していない？」

「後悔なんてしていません。だって……こんなに幸せなことはありませんから……」

カナタがそう言って微笑むと、ユリウスはそっと唇を重ねた。

二人はそのままホテルに二日間滞在した。昼も夜も交わり合った。アルファとオメガの本能を満たすかのように、何度も交わり合った。


「はあ……」

カナタは久しぶりに自分の部屋に帰り、椅子に座ると大きな溜息を吐いた。なんだか今まで夢でも見ていたかのようだと思った。たった二日留守にしただけなのに、自分の部屋を懐かしく感じる。

カナタはテーブルに頬杖をついてぼんやりと思い返した。

別れ際、ユリウスは離れたくないと、名残惜しそうに何度も口づけをしてきた。優しく抱きしめられて、まだ体にユリウスの温もりが残っている。

ユリウスと番になったなんて、なんだか信じられない。彼との出会いから、現在まで僅かふた月あまりという短い期間で、会った回数も片手に余るほどだ。会話もそれほど交わしていないし、互いの事などほとんど知らなかったというのに、こんなことってあるのだろうか？

『魂の番だから』

言い訳のような言葉が頭に浮かぶ。魂の番……お伽噺《とぎばなし》みたいなものだと思っていた。そんな相手に出会う確率なんて奇跡に近い。

深い関係になったからという訳ではないが、今はユリウスへの愛《いと》しい想いで、心がいっぱいに満たされている。

そもそも抵抗なく、愛し合えたのだって不思議なくらいだ。たとえ発情していたとしても、嫌なものは嫌だと思う。

性奴隷にされた子達が、深く心に傷を負っているのをたくさん見てきた。発情のせいで激しい性欲に苛《さいな》まれ、自身では我慢することも出来ず、見ず知らずの男達に弄ばれ、性欲は満たされても、意に沿わない相手との性交はただの強姦でしかなく、心に深い傷だけが刻み込まれていく。

だからまだよく知らないユリウスと結ばれたのは、決して発情のせいではない。愛のあるセックスだった。後悔はない。だって今、こんなに幸せなのだから……。

「早めにデニスには打ち明けた方が良いと思うよ」

突然目の前のテーブルの上に、ルゥルゥが姿を現して言ったので、カナタは飛び上がりそうになるほど驚いた。

「ひゃっ」

変な声を上げてしまい、慌てて両手で口を塞いだ。ルゥルゥはその様子を見て不満そうな顔をした。

「その様子だと、ボクのことは完全に忘れていたよね？」

「ご……ごめん」

カナタは真っ赤になって謝った。

「今まで……どこにいたの？」

「……最初の日……二人で図書館からホテルに移動した時はついていったけど、大丈夫そうだなって思ってすぐに離れたんだ。この二日間はずっとこの部屋にいたけど、たまに様子を見にいっていたんだよ。あ！　心配しないで、情事の覗き見なんてしてないから」

最後に付け加えられた言葉に、カナタは真っ赤になった。

「ボクに悪いと思うなら、なんかご飯作ってよ。ずっと焼き菓子食べて凌いでたんだよ？　ボクは野生のサリールじゃないから、獲物を取って食べるとか無理だからね」

「ご、ごめん！　ごめんなさい！　すぐ作るよ」

カナタは慌てて立ち上がると、キッチンに向かった。置いてある食材でとりあえず作れる料理を用意して、ルゥルゥに振る舞った。

ルゥルゥは久々のきちんとした料理を前に、嬉しそうにしっぽを振り食べ始めた。

カナタはそれをニコニコと笑いながら見守る。

「ところでさっきの話……デニスには今夜か明日にでも……少しでも早く報告した方が良いよ」

ルゥルゥは、モグモグとサンドイッチを頬張りながら言った。

「え？　も、もちろん言うけど……でもまだ心の準備が出来ていないし……デニスになんて言えば良いのか……」

「だけどユリウスは魂の番だったんでしょ？　魂の番が相手なら良いって陛下の許しを得ているんだからさ……別に堂々と報告すればいいんじゃない？」

「それはそうだけど……でもいくら母上が良いって言ったとしても……任務中なんだから……本当は事前にデニスに彼のことが好きだと言っておいた方が良かったと思うんだ。怒られても仕方ないと思う。だから少し時間が欲しい」

カナタは溜息を吐きながらお茶を一口飲んだ。ルゥルゥは、鼻についたマヨネーズをペロリと舐め取ると、しばらくじっとカナタを見つめた。

「でもその間に、潜入捜査とか、危険な任務が入ったらどうするの？」

「どうするのって……普通に仕事をこなすよ」

「だけどもうボクは、カナタを瞬間移動で手助け出来ないよ？」

「え？　なんで？」

カナタは驚いてカップをテーブルに置いた。

「怒ってるの？　怒って手伝ってくれないの？」

「違うよ！　だってカナタは妊娠しているだろう？　瞬間移動は体に負担をかけるから……」

「妊娠!?」

説明しかけたルゥルゥの言葉を遮って、カナタはとても驚いて大きな声を上げていた。

「誰が!?」

「カナタだよ」

「なんで!?」

「だってユリウスさんと番になったんでしょ？　二日もホテルでそういうことしていたんでしょ？　アルファの生殖能力はものすごく高いんだよ？　かなりの確率で相手を妊娠させる。その上ヒート状態のオメガも妊娠率はかなり高くなってる。調べるまでもなくほぼ百パーセント妊娠しているはずだよ」

ルゥルゥが訝《いぶか》しげに眉根を寄せて言うと、カナタは唖然とした顔で固まってしまった。

「え？　まさか忘れていたの？　そういうこと何も考えないで、ユリウスさんと番になったの？　そもそもオメガの発情期って繁殖目的で体がそうなっているんでしょ？　いつでもどこでもセックス出来るベータと違って、普段から性欲が薄く、妊娠率も低いオメガが発情するのは、繁殖のためなんだから……ベータとセックスしても妊娠しないのを良いことに、性奴隷にされてるけど……本来はアルファを誘惑して妊娠するための発情なんだからさ。番になるのだって、その人だけの子供を作るための本能だろう？」

カナタは両手で口を覆った。すっかり忘れていた。ちゃんと学んだはずなのに、大事なことを忘れていた。

「ボクのこの知識は、カナタと一緒にいて覚えたことなんだからさ……カナタ……しっかりしてよ」

ルゥルゥが、ぶうぶうと文句を言ったが、カナタはほとんど聞いていなかった。無意識に口を覆っていた両手が、下腹に移動する。

『妊娠？　ユリウスの赤ちゃんがここにいる？』

「ちょっと……人が文句を言っているのに、一人でニヤニヤしないでよ」

ルゥルゥに言われて、カナタは我に返った。慌ててまた両手で口を覆った。

「別にニヤニヤしてないよ」

「してたよ……ユリウスの子供を妊娠していると思って喜んでたでしょう？　別にカナタが幸せならそれでいいけどさ……でもやっぱり早くデニスには言った方が良いよ。迷惑かけるよ？」

ルゥルゥが、その場でぴょんぴょん跳ねながら言ったので、カナタは苦笑して宥めた。

「分かった……分かったよ。すぐにでも話すよ」

カナタはルゥルゥを宥めながら、どうデニスに謝ろうかと考えていた。


カナタはその日の夕方、デニスの下へ向かった。デニスの住まいは、カナタの住んでいる場所から少し遠い。中央にある王城を挟んで、カナタの住まいは南東地区にあり、デニスの住まいは西地区にある。西に向かう乗合馬車で途中まで行って後は歩く。通い慣れた道なのに、なんだか足取りが重くて、関係のない道を通って遠回りをした。

「どうしたの？　誰かに跡をつけられてるの？」

姿を消したままのルゥルゥが、心配そうに耳打ちをした。

「違うよ……デニスになんと言って切り出すか、考えながら歩いているから……時間稼ぎに遠回りしているだけ」

カナタは小声で言い訳をした。

決心した勢いで出てきたものの、なんと言ってデニスに打ち明けるかまでは考えていなかった。馬車の中でずっと考えていたがまとまらず、歩きながらもまだ考え続けている。

恋人が出来たということも、アルファと番になったということも、どちらも決して禁止されている訳ではない。

アネイシス国王ハルトは、国民に対して……特にオメガに対して、恋愛に対する規制は一切設けていないし、国を出て行くことも禁じていなかった。

ハルトが目指すのは、世界中のオメガが正当な扱いを受けられる世界をつくること。発情をするというだけで、学業や仕事などの当然の権利を奪われ、普通の人としての生活を阻害され、虐げられている現状を変えたいと思っていた。

だから様々な研究を行っている。

カナタ達のような救出部隊が、国外でベータに擬態して普通の暮らしが出来ているのも、すべては研究の成果であるが、それは救出部隊のためだけに作られた薬や魔法具ではない。それらを使って、他のオメガ達も外の世界で生きていけるのならば、それに越したことは無いとハルトは考えていた。

だからアネイシス王国に留まらず、自分の故郷の国に帰りたいというオメガがいれば、決して引き留めはしない。ただ、もしもまたアネイシス王国に戻りたいと言えば、いつでも歓迎する。


救出部隊に所属する者についても、同じように恋愛を禁じてはいなかった。たとえ任務中であっても、恋人を作ったり、番になったりしても良しとしている。

もちろん仲間や、アネイシス王国に迷惑をかけないというのが大前提ではある。

アネイシス王国の秘密を、他国の者に話さない。たとえ番であっても、それだけは絶対に話してはならない。それが唯一守らなければならない決まり事だ。

カナタはユリウスに少しだけ話してしまったが、それは薬や魔法具のことを打ち明けただけで、アネイシス王国という国名や場所など、国の秘密に関することは話していない。たぶんぎりぎり大丈夫だと思うけれど、叱られるかもしれないから、デニスにそのことは言えないなと思った。

デニスに謝罪するとすれば、ユリウスと番になることを、事前に相談しなかったことだろう。アルファと番になるということは、妊娠してしまうことを想定していなければならなかった。

妊娠すれば、危険な任務は出来なくなる。仲間に迷惑をかけてしまう。

叱られるのは覚悟の上だ。カナタ自身がうっかり失念していた。恋に舞い上がっていたと思う。大失態だ。

それよりも相手がユリウスだということについて、デニスがどう思うだろうか？　という不安はあった。デニスはユリウスについて、悪い印象は持っていないようだし、どちらかというと好意的だ。だけど情報提供者として手を組む、言わば仕事仲間だ。

カナタが公私混同していると思われないだろうか？　ユリウスが公私混同していると思われるのも嫌だ。それとこれとは別だと、きちんと伝えなければならない。

そういうことを、ずっと考えていたので、なかなかデニスの住まいに辿り着けずにいた。


ようやく辿り着いたカナタは、集合住宅の入り口の前で大きく深呼吸をした。扉を開けて中に入り、共有通路を通って階段を上った。デニスの部屋がある三階まであと少しというところで、上から降りてきたヴェルナーとばったり鉢合わせした。

「あれ？　カナタ、どうしたんだい？」

「あ、こ、こんばんは」

カナタは驚いて、ヴェルナーの問いに答えられず挙動不審な態度を取ってしまった。デニス以外の仲間に会うことを想定していなかったのだ。

ヴェルナーはそんなカナタの態度を、特に気にする様子もなくニッコリと笑った。

「丁度良かった。実は君を呼びに行くところだったんだ」

「え？　何かあったんですか？」

「とにかくデニスの部屋へ行こう」

「は、はい」

カナタはヴェルナーと共にデニスの部屋に向かった。

二人が中に入ると、デニスと共にローラントもいた。二人は入って来たヴェルナー達を見て、少し驚いていた。

「ずいぶん早かったな」

「いいえ、丁度カナタがここに向かっていたみたいで、そこの階段でばったり会えたんです。逆に行き違いにならなくて良かった」

ヴェルナーが苦笑しながら説明をした。

ダイニングテーブルを囲んで、四人は向かい合うように座った。

「みんな揃《そろ》って何かあったんですか?」

カナタが怪訝そうな顔で尋ねると、デニスとローラントは顔を見合わせた。

「そう尋ねるってことは、カナタはまだ知らないんだな。実はユリウスさんにいつも付き添っていた従者がいるだろう?」

「コリンのことですか?」

「そう、彼が何者かに襲われて怪我《けが》をしたんだ」

「え!?」

カナタはとても驚いた。

「い、いつです? 怪我の状態は?」

「今日の昼過ぎのことだ。オレが働いているパン屋のすぐ近くで、爆発騒ぎがあったんだ。行ってみたら一台の辻馬車が爆発に巻き込まれていて、その馬車にコリン君が乗っていたんだよ。オレは用心して接触しなかったから、彼の様子は直接見ていないけど……意識ははっきりしていたから、命に別状はないと思う」

ローラントが説明をしたので、カナタは少しばかり安堵した。

「彼が病院に運ばれた後、警察が来て調べていたよ。爆弾が投げ込まれたんじゃないかって話していた。それと事件直後、コリン君が燃えている馬車の火に、懐に入っていた何かをわざと投げて燃やしていたように見えた。たぶんオレ達に渡すつもりの何かの情報だったんじゃないかな？　警察に持ち物を調べられると厄介だと思ったんだろう。それにしてもユリウスさんが乗っていなかったのは、不幸中の幸いだった」

カナタは最後の言葉を聞いて、はっとした。その頃はまだ二人でホテルにいた。

「犯人が捕まるまでは、用心した方が良いだろうと話していたんだ。無差別テロで、たまたまコリン君の乗っていた馬車が襲われたのか、意図的に狙われたのか……その辺りが分からないからな」

デニスがそう説明すると、ローラント達も同意するように頷いた。

「しかし意図的だとすると、なぜコリン君を？　ということになるね。ユリウスさんが同乗していると思ったのか……まさかユリウスさんを狙って？」

デニスがそこまで言うと、カナタは酷く動揺した。

「ユリウスがなぜ？　誰に狙われているというのですか？」

「いや、たとえばの話だ。まだ理由が何も分からない……もしもそうだとしても、なぜ命を狙うのか分からない。ユリウスさんが奴隷売買の情報を、横流ししていることがバレたのだとしても、警察に奴隷売買の仲間と疑われて検挙されるならともかく、命を狙うなんて動悸が不明だ」

「そ……そうですよね」

カナタはぎゅっと拳を握りしめた。

「しかし奴隷売買の組織から恨まれて……ということはありませんか？」

「確かにその線がないこともないが……彼がどういうルートを使って、情報を得ているのか分からないからな……普通に考えたら、情報元の方が先に狙われそうだけど……」

カナタの問いに、ヴェルナーがそう答えたので、デニス達も腕組みをして考え込んだ。

「それはそうと、カナタは何かオレに用事があって来たんじゃないのか？」

ふいに尋ねられて、カナタは我に返った。

「あ……」

事件のことで動揺してしまって、すっかり用件を忘れていた。カナタはチラリとヴェルナーとローラントを見て、気まずそうに眉根を寄せた。

その様子を見て、ヴェルナーとローラントが顔を見合わせる。

「オレ達がいると話しにくいなら、席を外すよ」

ヴェルナーが、ローラントを促しながら立ち上がった。カナタは気を遣われたのが恥ずかしくなり、少し頬を赤らめながら慌てて首を振った。

「いえ、あの……どうせ皆に言わなければいけないことですから……確かに今日はデニスにだけ、相談するつもりだったので、こんな風に仲間が揃うとは思っていなかったので、少し戸惑っているだけです。どうぞここにいてください」


カナタは二人を座らせて、一度深呼吸をした。

「実は……ユリウスと番になりました」

どう言葉を取り繕っても、結果は同じだと観念し、カナタは要点をそのまま伝えた。

一瞬その場が静まり返った。三人が息を呑むのが分かる。皆、カナタを凝視したまま、声も出ないほど驚いていた。

「い、いつからそんな関係になったんだ？」

最初に口を開いたのはヴェルナーだった。

「いつから……二日前です。正確に言うなら、互いに好意を持っていると確認しあった日に、そのまま番になりました」

「え？　待って……そんなに早く決断して良いものなのか？」

ローラントも焦ったように尋ねる。

「ユリウスさんが魂の番だったんだな？」

それまで黙って聞いていたデニスが、落ち着いた口調でそう尋ねた。それを聞いて、ヴェルナーとローラントはさらに驚いたが、カナタは力強く頷いた。

「魂の番」

ヴェルナーとローラントが同時に呟いた。

「そうか……ならば仕方ないな」

ヴェルナーが溜息を吐いた。

「先に皆に相談すべきでした。勝手に行動を起こしてしまい申し訳ありません」

カナタは深々と頭を下げた。だが不快な態度を表す者は一人もいない。むしろ喜ばしく思っているようだ。

「陛下にはお知らせしたのか？」

デニスが微笑みながら尋ねた。

「いえ……まだです。仲間に報告する方が先だと思ったので……」

カナタは皆の反応に戸惑いながらも、問われることには正直に答えた。

「いつユリウスさんが魂の番だと気づいたんだ？」

ローラントが興味津々といった様子で聞いてきた。

「情報提供者として手を組むことになって、私が連絡係として今後のやりとりについて、ユリウスと打ち合わせをした際に……近くにしばらくいただけで……体に変化が現れてしまったので……その時はすぐにその場を離れて、事無きを得ましたが、発情期でもない時期に……それも私達は薬を服用し、常に自分の体の管理を心がけていますから、いくら相手がアルファであっても、こんなことはありえないなと思いました。それで魂の番なのではないかと……」

カナタの話に、デニス達は顔を見合わせている。

「今までも何度か彼に会っていたよね？　それまではそんなに至近距離になかったということかな？」

「そうですね……初めて彼にあった時……あの紡績工場の時ですが……彼を手当てするために体に触れた時に、確かに少し違和感がありました。体が少し痺れるような感じがしたり、動悸が激しくなったり……でもあの時は、緊迫した状態でしたし、治療に夢中でしたからそのことについて、あまり深く考えませんでした。二度目に会った時も接触しましたが……あの時は彼を怪しい男と思って、脅しをかける目的だったので、触れたのも一瞬だったし特に何も起きなくて……それ以後は接触とか至近距離で会うこともなかったので特には……」

デニス達は何度も頷きながら聞いている。彼らがとても好意的な態度だったので、カナタは安堵した。

「でもまあ……ユリウスさんは最初から明らかにカナタに好意を寄せていたからなぁ」

デニスが笑いながら言うと、ヴェルナー達も「そうそう」と言って笑った。

「そ、そうですか？」

「カナタも最初から好意を持っていたと思うよ」

そこにルゥルゥが姿を現して、からかうように言ったので、皆もどっと笑った。カナタだけが赤い顔をして、困ったように身をすくめている。

「あの……迷惑をおかけすると思いますが……仕事はこれからもきっちりしますので、どうかお許しください」

「迷惑？」

カナタが頭を下げてそう言うと、ローラントが不思議そうに首を傾げた。だがデニスとヴェルナーはすぐに察したようで「あぁ」と顔を見合わせて頷きあった。

「番になったといったね……そっか、なら妊娠の可能性があるんだ」

「はい」

「妊娠!?」

ローラントが驚いて思わず大きな声を上げたので、デニスとヴェルナーが苦笑した。

「番になるってことがどういうことか知らない訳じゃないだろう？　発情中に項を噛まれなければ、番にはなれないんだから……まあ、そういうことだよ」

デニスがカナタを気遣って、言葉を選びながらローラントに説明したので、ローラントはポンッと手を叩いた。

カナタはさらに赤くなる。

「妊娠しているならば、あまり危険な任務には行かせられないな」

「でも絶対妊娠しているかどうかは分かりませんし……」

カナタがもじもじと小さな声で言い訳をした。

「妊娠判定はひと月くらいしないと分からないいんだっけ？」

カナタの言い訳は無視して、デニスがヴェルナーに尋ねた。医療知識のあるヴェルナーは、このチームの専属医師でもある。

「そうだね。でも魂の番だろ？　体の相性は最高だから、ほぼ妊娠していると思っていいと思うけど……妊娠しているなら、国に帰らないとだめだよ」

それまで和やかだった空気が一変した。デニスも真面目な表情で頷く。

「あの……少し待ってもらえませんか？　皆さんに迷惑をかけないようにしますから……ユリウスとのことも、これからどうするか考えたいし……」

カナタが必死な様子で、デニスに頼み込んだ。デニスは腕組みをして考え込んでいる。

「この国で出産は難しいかな？」

ローラントが、カナタを弁護するように言った。

「もちろん……出産自体はここでもできるよ。私が助産をすればいいだけだ。それに我が国の方針からすれば、本人が番と共にその国に残り暮らしていきたいと願えば、それが優先される。だけど……カナタはアネイシス王国の皇太子だ。いくらなんでも、勝手は出来ないと思うよ。それにこの国は、オメガにとっては住みにくい最悪の国だ。カナタと生まれてくる子供の安全を考えれば、アネイシス王国に戻った方がいいと思う」

ヴェルナーは、カナタを宥めるように、穏やかな口調で説明した。

「オレもその意見に賛成だ。ユリウスさんと一緒に暮らしたいというカナタの気持ちは十分分かるが……この国に残ることは賛成できない」

「だけど、アネイシス王国にユリウスさんは連れていけないだろう？」

ヴェルナーに同意するデニスに、ローラントがさらに尋ねた。カナタを代弁しているようだ。

「そう……だな……陛下がなんとおっしゃるか……たとえ我が子でも、特別扱いはなさらないお方だ。だがその一方で、新しい意見にも柔軟に耳を傾けられる方だ。いかなる事情があっても、オメガ以外の他国の者は一切入国させないという方針だが……それを曲げられる説得材料があれば……もしくは、この国以外で暮らすか……だな」

「この国以外」

カナタが言葉を反芻すると、デニスは頷いた。

「ユリウスさんが、国を捨ててくれるというのならば、アネイシス王国に戻らなくても、一緒に暮らす方法はいくらでもある。もっとオメガに対して、差別の厳しくない国はあるから、そういう国に移住するとか……もちろんアネイシス王国に比べれば、どの国も決してオメガに優しくないし、差別がない国なんて皆無に等しいけれど、多少の差別はあっても、弾圧や性奴隷売買などはあまりない国はいくつかある。もしくは国に属さない辺境の地に行くか……まあそれは極端な話だけど、選択肢はいくつかある。ただどれにしたとしても、ユリウスさんの意思を確認する必要はあるし、何より陛下のお許しも必要だ」

カナタはデニスの話を神妙な面持ちで聞いていた。

「分かりました。ですが……少しだけお時間を貰《もら》えませんか？　このことは私の口からきちんと母に報告します。でも報告するからには、これからどうしたいのか、自分の気持ちを固めたい……自分でも本当に愚かだと反省していますが、何も考えずにユリウスと番になってしまいました。今確かなことは、私もユリウスも互いに心から愛し合っていることだけです。私の本当の素性については、何もユリウスに教えていません。私が皇太子でなければ、このまま国を捨てて何もユリウスに語らないまま、彼と共に生きればいいだけだと思います。もしくは彼と別れて国に戻るか……デニスさんの言うように他にも選択肢はあります。でもまだ何も考えていません……少し考える時間をください。それまではこのことは内密にお願いします」

「分かった。協力しよう。皆もそれでいいな？」

デニスが快諾し、他の二人も微笑んで頷いた。

「もちろん」

仲間の返事に、カナタは胸をなでおろした。

「それで……話を戻すが……今回のコリン君襲撃の件が、意図したものか、偶発的なものか、明確になるまでは、彼らとの接触も、今調査している誘拐組織の件も、すべて手を引いた方がいいだろう。しばらくは我々の活動を自粛しよう。その代わり、交代でユリウスさんの身辺に張り付いた方がよさそうだ。意図的に彼を狙ったものでないなら、何事もなく済むが、もしもの場合はまた狙われるだろう。彼の周りで怪しい動きがあれば、そいつらを捕らえて自白させる。犯人が分かれば、こちらもまた動けるようになるし、もしも売買組織とかそっちのやつらだったら、捕らえられて一石二鳥だ」

デニスが仕事の顔になって、仲間達にそう告げた。

「それは私も参加していいんですよね？」

カナタが恐る恐る尋ねると、ヴェルナーが笑いながらカナタの肩をポンポンと叩いた。

「もちろんだけど、無理はしないことだ。あ、ただし一人での行動は禁止だよ。カナタはオレと組むこと……でいいですよね？　リーダー」

ヴェルナーの提案に、デニスも笑いながら頷く。

「カナタ、くれぐれも無茶はするなよ？　守れないなら強制送還するからな」

デニスに釘を刺されて、カナタは渋々頷いた。


それから一日交替で、デニス＆ローラント組とヴェルナー&カナタ組で、ユリウスの周辺を見張った。

「ユリウスさんは、大学と病院の二ヶ所しか今のところ行っていないから助かるね。どちらも人の多い場所だから、そう簡単には手出しできないし……まあ無差別テロだとどちらも関係なくやられるかもしれないが、それだったらユリウスさんは関係ないからね。ピンポイントで狙われない限りは、どちらにしても安全だ。見張りもしやすい」

ヴェルナーはそう言いながら、望遠鏡を覗き込んだ。

ヴェルナーとカナタは、大学の側にある建物の中にいた。ユリウスが授業を行う教室の見える側に立つ古い商業用の建物だ。どこかの事務所が倉庫として借りている部屋に、無断で侵入していた。

たくさんの書類が詰まっているだろうと思われる木箱を椅子代わりに座り、日中はここから観察する。大学の前庭も大通りも周辺の建物も一望出来た。望遠鏡を覗けば、授業をしているユリウスの姿が確認できる。

ユリウスは週の半分は大学に出勤し、仕事の無い日はコリンのいる病院へ通っていた。特に変わった様子はなく、普通に生活しているように見える。

「あれから十日が経つけど、その後ユリウスさんから連絡はあったのかい？」

「いいえ、何も……カフェにも来ていないみたいです」

「まあそうだね、オレ達が見張っていない時は、カナタはカフェで働いているんだもんね。その時に来ていないなら、間違いなく来ていないね」

ヴェルナーは望遠鏡を置いて、目視で辺りを見回した。

「たぶん、彼も警戒しているんだと思います。大学に行く時も、病院に行く時も、行き帰りにどこにも立ち寄らずに通っていますから……」

「そうだね」

ヴェルナーは膝の上で頬杖をついた。

「それで、カナタはまだ悩んでいるの？」

「え？ ええ……まあ……」

「そうだよね、ユリウスさんに会わないことには、決められないいんだよね？ だけどユリウスさんには我が国の事情とかは言えないだろ？ まあ陛下が許してくれるなら、話せるんだろうけど、カナタは今後どうするかを決めてからじゃないと、陛下には打ち明けられないと思っているんだから……それって矛盾しない？ ユリウスさんと今後の話し合いをするためには、カナタの立場とかアネイシス王国のこととか話さないといけないだろうし、でもそれには陛下の許可が必要で、でも陛下にはまだ話せないって……矛盾しているよね？」

ヴェルナーに図星を指されて、カナタは渋い顔をして俯いた。今まで突っ込まれなかったので有耶無《うやむ》耶《や》にしていたのだが、やはりヴェルナーには見透かされていたかと思った。これならば恐らくデニスにも気づかれているだろう。

「実は……今まで誰にも話していないんですけど……国を出る時に母から『魂の番に会うことが出来たら、迷うことなくその人を選びなさい』と言われていたんです」

「え!? 陛下から？」

ヴェルナーはとても驚いた。

「じゃあ、もう許可を貰ったようなものじゃないか。ユリウスのことを話したら、きっとお喜びになるよ」

しかしカナタは浮かない顔のままで、窓の外を見つめている。

「母がどういうつもりでそんなことを言ったのか、未《いま》だに分からないのです。その人を選びなさいとは言われたけれど、その後どうしろとは言われなかったので……」

「え？ どういうこと？」

「ですから……連れて帰ってきなさい。とも、彼とその国で暮らしなさい。とも言われた訳ではありませんから」

ヴェルナーは腑に落ちないという顔で、腕組みをして首を傾げた。

「え？　そういう話を一切しなかったってこと？　陛下はそれ以上何も言わなかったの？」

「はい……私もそれを聞いた時は驚いたし……そもそも魂の番だなんて伝説みたいなものだと思っていて、本当に出会えることがあるなんて、少しも信じていませんでしたから……何も聞かなかったんです。だけどなぜそんなことを言ったんだろうって、ずっと心には引っかかっていました」

「何か引っかかることはあるの？」

「最初は、父と母のことを言っているのかと思ったんです。父と母がどこかの国から出てきて、アネイシス王国をつくったと聞いたので……だけど……母にはぐらかされてしまって、真意は分かりません」

「カナタはお父上の話は聞いているの？」

「いいえ、何も」

カナタは首を振って、また遠くを見つめた。


カナタは実の父のことを何も知らなかった。顔も名前も知らない。どこの国の人で、何をしていたのか、母は一言も話してくれたことはなかった。カナタも幼い頃から、なんとなく聞いてはいけないような気がして、何も聞かずにいたのだ。

アネイシス王国には、父のいない子がたくさんいた。だからそれが普通のように思っていた。オメガは一人で子を産み育てるのだと……。

だが色々なことを学び、アルファ、ベータ、オメガについてのことや、他国のことなど、様々なことを知るうちに、アネイシス王国がオメガのために行っていることや、周囲の父親のいない子達がどうして生まれたのかなどを知るうちに、自分自身も母と望まぬ相手との間に出来た子ではないのかと思うようになっていた。だから母は父の話をしないのだと……。

しかしある時思いがけず知った。オメガを救うための様々な研究は、父がやっていたことで、不慮の事故で亡くなった後、母が父の夢を引き継ぎ、研究を続けてアネイシス王国を建国したのだと……。それがアネイシス王国の国民の間に、秘かに伝わっていた話だった。

母からではなく、思いもよらぬところから父の存在を知ったカナタは、それから無性に父のことを知りたくなり、自分なりに色々と調べたのだが、あやふやな伝聞以外の父のデータは何一つ見つけることが出来なかった。それは母も同じで、出身国がどこなのか、アネイシス王国以前の情報が何も分からなかった。

「陛下はすごいよね」

ふいにヴェルナーがそう言ったので、カナタは顔を上げてヴェルナーを見つめた。

「だってそうだろう？　愛する人を失い、彼の夢を叶えるため研究を続け、アネイシス王国をつくり、カナタを産み育てたんだ。普通、番を先に亡くしたオメガは、一人では生きていけず、衰弱してしまう。ましてや魂の番は、アルファを先に亡くしたら、気を失ってそのまま死んでしまうっていうし……でも陛下は、愛する人の遺志を継いで強く生きた。すごいことだと思うよ」

ヴェルナーは、瞳を輝かせながら語っている。カナタはそれを見つめながら、同じような顔をして、母のことを語る人々にたくさん会ったことを思い出した。

アネイシス王国の人々は、皆心から王を慕い尊敬している。

それは皆が、命を救われたから、感謝し恩を感じているからだ。

しかし自分は母と同じような王にはなれないと思っていた。アネイシス王国で生まれ、なんの苦労もなく育った自分には、オメガの辛さが何も分かっていない。国民の信頼を得られない。そう思ったから、救出部隊に入ろうと考えたのだ。

それなのに、今また勝手をしようとしている。皇太子であることを盾にして、我が儘を言おうとするなんて、自分勝手だと思う。

「私は……できればユリウスと共にアネイシス王国に帰りたいと思っています。でもいかなる理由があろうとも、オメガ以外の者の入国を禁ずると、我が国の法律によって定められている。それはオメガと国を守るための法です。皇太子である私の我が儘だとしても、通すことは難しいと思うのです。一度前例を作ってしまったら、なし崩しになって他の者達も次々と、入国したいと希望しかねない。そしたらアネイシス王国に危険が降りかかる……」

カナタはきゅっと唇を結んで俯いた。ヴェルナーはそんなカナタを、優しい眼差しで見つめた。

「確かに容易ではないだろうね……ユリウスさんも説得しないといけないし」

「ユリウスは……私と番になる前に、国を捨てても構わないと言ってくれたのです。私を愛していると告白されて、私も彼を愛していると互いの気持ちを確かめ合った時……ユリウスは私を気遣ってでもしも番になったら、私のために国を捨てても構わないと言ってくれました。この国ではオメガは幸せになれないからと……」

「じゃあ、別に悩むことはないじゃないか！　あとは陛下を説得するだけだ」

「でも、もう一度ユリウスに会ってちゃんと確かめないと……」

「何を？」

「本当に国を捨てるつもりがあるかということです」

「ユリウスを信じていないの？」

ヴェルナーは決して責めるという訳ではなく、宥めるような口調で尋ねた。カナタは両手の拳を握りしめた。

「いいえ……信じています。だけど自分の気持ちだけではどうしようもないことってあるじゃないですか……私がこうして悩んでいるように……私だって気持ちは、ユリウスと一緒ならばどこでだって暮らせるつもりです。この国に残れと言われたら、国を捨てても構わないと……だけどいざとなると、自分は皇太子だからとか考えてしまうし、母を裏切れないとも思ってしまう。だからユリウスだって同じだと思うんです。コリンがあんな目に遭って、自分が狙われているかもしれないと思ったら、家族にも危険が及ぶと心配になるでしょう。今のユリウスは、あの時とは少しばかり気持ちが変わっていても仕方ありません。だから時間をおいて、もう一度確認したいのです」

真剣にカナタの話を聞いていたヴェルナーだったが、最後まで聞いたところで、ぷっと吹いて笑い出した。カナタは突然のその反応に、目を丸くしている。

「ははは……カナタは真面目だな～……」

そう言って笑い続けるヴェルナーに、カナタは赤くなって抗議した。

「からかわないでください。真剣な話なんですよ⁉」

「ごめん、ごめん……別にからかっているつもりはないよ……オレはね、カナタがユリウスさんと番になったって告白してくれた時、すごく驚いたけど、嬉しかったんだ。カナタが変わったって思った。今までの君ならば、もっと慎重に……そんな会って間もない相手と、恋に落ちたからといって、誰にも相談せず勢いのまま番になるなんて、絶対にないって思っていた。だからそんな風に、カナタを変えてしまったユリウスさんってすごいと思ったよ。だけどやっぱりカナタは真面目だった。今ね、君が変わっていなくて思わず笑っちゃったけど、ちょっとがっかりもしているんだ」

「がっかり？」

カナタは眉根を寄せて、不服そうな顔でヴェルナーを見た。ヴェルナーは微笑んで頷く。

「カナタは真面目過ぎるよ。もっと不良になっていいんだよ。我が儘皇太子だっていいと思うんだ。だってみんなは知っているから……君が誰よりも国民のことを思っている真面目な子だって……だから君が我が儘な行動を起こしたとしても、それで失望することなんてないんだよ。オレ達みたいにみんな祝福するさ。皇太子だけが法を破って、恋人を連れ込んだなんて不満を言ったりしないよ」

「ヴェルナーさん……」

カナタは思いがけない言葉に、嬉しくてきゅっと胸が苦しくなった。

「あ、ユリウスさんが帰るよ」

外を見ていたヴェルナーが、立ち上がって言ったので、カナタも慌てて立ち上がり外を見た。

ユリウスが大学の門に向かって歩いてくるのが見える。

「行こう」

二人は急いで部屋を出た。

ユリウスは大通りに出ると、辻馬車を拾った。カナタ達はそれを確認すると、建物の裏に用意していた二人乗りの小さな馬車に乗って、少し距離を取りながら後を追う。

「今日も真っすぐ家に帰るみたいだね」

ヴェルナーはそういいながら、手綱を操作した。

カナタは周囲に気を配り、怪しい者がいないか見張り続けている。

「ヴェルナー、見て、あんな場所にいつもは花売りの台車なんて出てない」

カナタに言われて見ると、かなり前方に花を乗せた台車が、通り沿いに見えた。屋台を出すには許可がいる。今までそこで花売りを見たことがないし、そもそも花を売るには、場所柄的に不似合いだ。

「邪魔をしてみる」

ヴェルナーはそう言って馬に鞭を当てると、速度を上げてユリウスの乗る辻馬車を追い越そうとした。前方には、花売りの男が、花を抱えて不自然に通りの真ん中へ出て行こうとしている。

ヴェルナーは馬車を操って、辻馬車と花売りの間に割り込むと、勢いよく手綱を引きながらブレーキを掛けた。馬が驚いて前足を高く上げながら嘶《いなな》く。

突然目の前で馬が暴れたので、花売りの男は驚いて持っていた花を落とした。すると腕に抱えていた怪しげな包みがあらわになった。

男はカナタ達と目が合ったので、失敗したというように顔色を変えると、だっと踵を返して走り出した。

「私が追います。ヴェルナーはユリウスをお願いします」

「無茶するなよ」

カナタは馬車を飛び降りて、男の後を追った。

ヴェルナーは、カナタを心配しながらも、馬を宥めて辻馬車の御者に頭を下げた。辻馬車の御者は、驚いて馬車を止めていたが、ヴェルナーの馬車が、少し暴走しかけただけだと思って、気を取り直して馬車を再び走らせた。


男は細い路地裏に逃げ込んだが、すぐにカナタに追いつかれた。

男が懐から拳銃を取り出して、カナタを狙った。だがカナタはひらりと身をかわしながら接近し、男の足を蹴り払った。男は転びそうになって、咄嗟に拳銃から手を離した。カナタはその隙をついて、一瞬で拳銃を奪い取ると、胸ぐらを摑んで地面に押し倒した。体重をかけて、男の両肩を地面に押し付けるようにして自由を奪い、銃口を男の喉元に突き付けた。

「あの辻馬車を襲うつもりだったのか？」

カナタが凄みながら聞くと、男は足をばたつかせて抵抗した。

「馬車の客を狙ったな？　誰か分かっていて狙ったんだろう？」

「知らねえよ」

男は必死で抵抗を試みているが、カナタの抑え込みは完璧で、まったく体が動かない。

「嘘を吐け、他の馬車には見向きもせず、あの馬車を狙っていただろう。誰に頼まれた？」

カナタは銃口を、ぐっと強く喉元に押し付けながら、さらに凄んでみせた。

「その抱えているのは爆弾だろう？　あまり暴れると暴発するぞ？」

カナタのその言葉に観念したのか、男は抵抗するのを止めて大人しくなった。

「さあ、言え！　言わないなら、拷問にかけてもいいんだぞ」

カナタが厳しい口調で言うと、男はカナタをじっと見つめて、不敵な笑みを浮かべた。

「爆弾が暴発するぜ」

男がそう言って、ゴソリと腕を動かした。

「カナタ！」

次の瞬間、ドンッという音と共に、激しい爆発が起きた。


「自爆するなんて……」

「もう！　カナタ！　無茶しないって約束だろう!?　瞬間移動は体に悪いのに！」

すんでのところでルゥルゥに救われたカナタは、少し離れた路地で難を逃れていた。

ルゥルゥが、ぷんぷんと怒っている。

「それにしても、自爆するなんて……信じられないよ」

カナタは呆然としながら呟いた。

「カナタ、騒ぎになる前にここを離れよう」

ルゥルゥに言われて、カナタは頷くと、足早にその場を後にした。


事前に決めていた場所に向かうと、ヴェルナーの馬車が止まっていた。

カナタが乗り込むと同時に、ヴェルナーは馬車を出発させた。

「無事でよかった。騒ぎが起きてるようだけど、大丈夫か？　あの男は？」

「爆弾を抱えて自爆しました」

「え？」

さすがにヴェルナーも驚いた。

「それはただ事じゃないね。デニスに報告しよう」

ヴェルナーは馬に鞭を入れて、馬車を急がせた。


「自爆だって？」

デニスとローラントもとても驚いた。

「それは……普通の組織じゃないな。人身売買するようなチンピラが、雇い主の秘密を守るために自爆なんてしないだろう」

デニスが深刻な表情で呟いた。

「じゃあ、ユリウスさんは誰に狙われているんですか？」

ローラントが尋ねたが、誰も答えられなかった。

皆が黙り込んで、それぞれ考えていた。

「ユリウスに心当たりがないか聞いてみます」

カナタが言ったが、デニスが首を振った。

「だが今は不用意に接触するのはお互いに危険だ。どういう組織か分からない。見張られているかもしれないからな」

「ボクがユリウスを連れてくるよ」

緊迫した空気を破るように、ルゥルゥが明るい声で言った。

「ルゥルゥ」

「だけどユリウスの屋敷からここまでは遠いよ」

カナタが否定したが、ルゥルゥはしっぽを振ってみせた。

「今すぐは無理だけど、ボクに任せて！」

ルゥルゥの言葉に、カナタ達は顔を見合わせた。

「ユリウス、危険だ。行ってはならない」

ユリウスは父親から反対されていた。

「しかし……」

ユリウスは反論しようとしたが、良い説得の言葉が浮かばないのか、厳しい表情で両手の拳を強く握りしめた。

「ユリウス、それよりもあなたが話してくれた番になったという人と、この国を出なさい」

母親がそう言うと、父親も大きく頷いた。

「そうだ。二人でこの国を出て幸せに暮らしなさい。私達が出来る限りの援助をするから、金のことなら心配しなくていい」

「しかし、それでは貴方達が……」

ユリウスが言いかけた言葉を、父親が制した。

「私達のことなら心配はいらない。命を狙われているのはお前だ。向こうもそこまで大ごとにはしたくないはずだ。そうでなければとっくに、屋敷に火を放たれている。だが二度も失敗したとなれば、かなり焦っているはずだ。何をしてくるか分からない。だから早く国を出なさい」

「だからこそ私は会いに行った方がいいと思うのです。誤解があるなら解きたい。私は国を捨てて出て行くつもりだと伝えに行きたいのです」

それを聞いて、父と母は心配そうに顔を見合わせた。

「心配をおかけして申し訳ありません。私は明日にでも行くつもりです」

「中に入れてもらえないかもしれませんよ」

「捕まるかもしれない」

「それなら大丈夫です。こんな私でもまだ援助してくれる者はいます。お父様、お母様、どうかお許しください」

ユリウスは深く頭を下げると、その場を去って行った。

広いエントランスを横切り、階段を上って自室に向かった。

部屋の中に入ると、大きな溜息を吐いた。不安や苛立《いらだ》ち……色々な思いが胸をよぎる。頭を抱えながら部屋の中央にあるソファに、ドカリと腰を下ろした。

また街中で爆発騒ぎがあったと聞いた。それを最初に聞いた時に、すぐに脳裏に浮かんだのは、今日の帰りに近くを走っていた馬車が暴走したことだ。

ユリウスの乗っていた辻馬車は、それに驚いて一旦止まったが、すぐに走り出した。窓から外を見た時、その暴走した馬車は、御者が馬を宥めているのがちらりと見えて、特に変わった様子はなかったので、ユリウスもそのまま気にせず屋敷まで帰った。

でも思い返せば、あの時の御者はどこかで見た気がする。顔がよく見えなかったが、カナタの仲間ではないのだろうか？

そうだとしたら、あの暴走はわざと仕掛けたもので、自分を刺客から守ってくれたのかもしれない。

ユリウスはそんなことを考えていた。

爆発騒ぎにカナタが巻き込まれていないことを祈るばかりだ。

ユリウスは目を開けてふと見ると、目の前のテーブルの上に白い封筒が置かれていることに気がついた。不思議に思いながら手に取り、封を開けて中の手紙を開いた。

「カナタ！」

ユリウスは驚いて立ち上がった。辺りをきょろきょろと見回し、再び手紙を読む。

『ユリウス、貴方と話がしたいので、すぐに来てください。西地区を目指して、いつもより速めの速度で馬車を走らせてください』

ユリウスはその不思議な手紙を何度も読み返した。筆跡は以前見たカナタのものと似ているので間違いないと思った。

ユリウスは呼び鈴を鳴らして執事を呼んだ。

「お呼びですか？　ユリウス様」

「この手紙は誰がいつ持ってきたんだ？　私が帰宅した時にはなかったはずだ」

手紙を見せると、執事は不思議そうに首を傾げた。

「いえ……そのような手紙はお持ちしていません。どちらにありましたか？」

「そのテーブルに……いや、それはもういい、ちょっと出かけるから馬車を用意してくれ」

「今からですか？　物騒ですからあまりお出かけにならない方がよろしいのではありませんか？」

「いいから、頼む」

ユリウスに強い口調で言われて、執事は仕方なく一礼をして去って行った。

ユリウスは部屋を横切り寝室に向かうと、クローゼットを開いて着替えをした。ネクタイを締めて、ジャケットを羽織り、コートを片手に寝室を出た。早足で廊下に出ると、コートを纏《まと》った。

階段を駆け下りてエントランスを抜けると、執事が玄関に立っていた。

「お早いお帰りを」

「ああ、父達には恋人の所へ行ったと伝えてくれ。早めに戻る」

ユリウスはそう言って、外へと出かけた。


ユリウスを乗せた馬車は、急ぎ足で城下町へ向かう。夕暮れの大通りは、まだ人も馬車もたくさん行きかっている。その中を早足で駆ける馬車は、ある意味で目立っていた。

馬車が西地区に差し掛かった時だった。ユリウスの目の前に、突然不思議な動物が現れたので、ユリウスは驚いて思わず大きな声を上げていた。

「ユリウスさんそんなに驚かないで、実はボク、初対面じゃないんだよ。今からカナタの所に連れて行くからね」

「しゃ……しゃべった」

ユリウスが目を丸くしてそう呟いたのと同時に、ルゥルゥはユリウスの肩に乗ると、そのままぱっとユリウスと共に姿を消した。

「ユリウス様、どうかなさいましたか？」

ユリウスの叫び声を聞いて、御者が慌てて馬車を止めると、御者台から降りて客車の扉を開けた。しかしそこにはユリウスの姿はなかった。

「ユリウス様!?」


「ユリウス！」

デニスの部屋のダイニングに、ルゥルゥと共にユリウスが姿を現したので、カナタが慌てて駆け寄った。

「うっ……」

ユリウスは真っ青な顔で、その場に崩れるように倒れ込む。

「ユリウス、大丈夫ですか？」

カナタがユリウスを助け起こしながら呼びかけた。

「カ、カナタ？　ここは……一体……目が回る……気持ち悪い……」

「分かる、分かるよ。瞬間移動は目が回って気持ち悪いんだよ」

ローラントが、同情するように呟いた。

「手を貸そう」

デニスが手を貸して、二人掛かりでユリウスを立ち上がらせると、側にあった椅子に座らせた。

カナタがユリウスの額に手を当てて、癒やしの術を掛ける。

「お水です」

ヴェルナーがコップの水を差し出したので、ユリウスは礼を言って受け取ると、一口飲んだ。まだ顔色はよくないが、なんとか回復したらしく、ユリウスは改めて辺りを見回した。

「ここは一体どこですか？　さっきの動物は……」

「ルゥルゥだよ」

ルゥルゥがそう言って、ユリウスの前にふわふわと浮かんだので、ユリウスはまた驚いて声を上げそうになった。

「ひどいなぁ……幻獣を見たことないの？」

「ルゥルゥ、普通は見たことのない人の方が多いよ」

カナタはルゥルゥを窘めるように言って、ひょいと抱き上げた。

「驚かせてごめんなさい。彼はサリールという幻獣で、名前をルゥルゥと言います。私の親友なんです。貴方をここまで瞬間移動させたのは彼なんだ。幻獣の能力の一つなんだけど……乱暴なことしてごめんなさい。こうでもしないと貴方と会えないから」

「どうやら君は付け狙われているようだからね」

カナタとデニスが話しかけて、ようやくユリウスは何かを察したかのように、しっかりとした表情に戻り、部屋の中にいる皆の顔をゆっくりと見回した。

「皆さん……どうやらご心配をおかけしてしまったようで申し訳ありません。私を守ってくださっていたのでしょう？　何と礼を申し上げればいいか」

ユリウスは深々と頭を下げた。

「それよりどういうことかご説明いただけませんか？　我々への情報提供のせいで、貴方の命が危ぶまれているのならば、我々にも責任がありますし、手助けをしたいと思っています。だが我々が感じたところでは、相手は人身売買の組織ではないように思える。何か我々に隠していることがあれば、教えてもらえないだろうか？」

デニスが穏やかに問いかけた。ユリウスは少し顔を強張らせて、言葉を選ぶかのように押し黙っている。

「ユリウスさん、貴方はカナタの番です。ならば我我にとっては仲間以上の存在です。悪いようにはしませんから、どうかカナタのためにもすべてを打ち明けてください」

ヴェルナーがカナタの肩を抱き寄せながら、優しくユリウスにそう告げると、ユリウスはじっとカナタを見つめた。

「皆さん……カナタ、すみません。本当はもっと早くカナタにすべてを打ち明けるつもりでした。でも逆に話すことで、迷惑をかけてしまうかもしれないと思い言えなかったのです。すべてを話します」

ユリウスは決心したようにそう言うと、一度深呼吸をした。姿勢を正して座り直す。

「私は……実はこの国の皇太子なのです」

切り出した言葉に、全員が驚きの声を漏らした。

「正確に言うと、元皇太子なのですが……現在、城にいる皇太子ジェロームは私の腹違いの弟です。私は亡くなった前王妃の息子。私の母は、私が六歳の時に病で亡くなりました。私が八歳の頃、後添えとして迎えられた現王妃は、私の母にはなってくれませんでした。弟が生まれてからは特に……寂しかった私は、読書に没頭するようになり、歴史に興味を持って、城の中にあるあらゆる書物を読み漁りました。そうする内に、我が国の歴史に疑問を抱くようになったのです。なぜ他国の民を奴隷にするのか？ なぜオメガを虐げるのか？ そういうことを意見するようになると、益々王妃や王妃を擁護する者達から疎んじられるようになりました。そしてとうとう父が……国王が私を廃嫡にしたのです。私が十四歳の時でした。私は下級貴族のキルヒマン家に養子として出されたのです。それからは現在に至るまで、一介の貴族として生きてきました」

思いもよらない話に、デニス達は困惑した表情で、なんと声を掛けるべきか迷っていた。

「それじゃあ……もしかして、貴方の命を狙っているのは王妃様？」

ヴェルナーが恐る恐る尋ねると、ユリウスは苦笑して頷いた。

「恐らくですが……今まではそんなことはなかったのです。私は廃嫡になったし、ただの下級貴族です。義母が気に病むことなど、何も無くなったはずでした。ただ最近……私が奴隷売買の情報を、従弟《いとこ》や皇太子時代の学友達から貰っていたので……そういう城内の者との接触を、よからぬ企《たくら》みをしていると誤解されたのではないかと思うのです」

「よからぬ企みって……王位奪還とかってことですか？」

　ローラントが尋ねると、ユリウスが頷いたので、ローラントは「ひぇっ」と言って身震いをした。

「王妃様怖い……」

「それで合点がいった。王妃が雇い主なら、秘密を守るために刺客も自爆するな」

　デニスが腕組みをして頷きながらそう言うと、ユリウスは怪訝そうな顔で「自爆？」と聞き返した。デニスは今日あった事件を、ユリウスに説明して聞かせた。

「そんなことが……」

　ユリウスは眉間にしわを寄せて、不快感をあらわにした。

「カナタ、君からも話があるんだろう？」

　ヴェルナーがカナタの背中をポンッと叩いて促した。

「ユリウス、私も貴方に話していないことがあります。私も実は皇太子なのです。私が国を捨てられないと迷っていたのもそのせいです。でも貴方の話を聞いて決心しました。ユリウス、私と一緒に私の国に来てくれませんか？　私が母を説得して、貴方を我が国に受け入れられるようにします。もしも……もしもそれが叶わなければ、私も国を捨てて貴方とどこかで暮らします」

「カナタ……」

「ごめんなさい。私も今すぐ国を捨てると言えれば良いのですが……私は世界中のオメガを救うという信念を持って、活動を進めている母と、我が国を捨てることが出来ません。私はオメガだから……私も出来れば母の力になり、オメガのために尽くしたい。でも貴方と幸せになりたい。だから貴方に私の国に来てほしいのです。これは私の我が儘です」

カナタの必死の言葉を聞いて、ユリウスは驚きの表情から、とても優しい笑顔に変わった。

「ありがとう、カナタ。もちろん私は今すぐにでも国を捨てて、君の国に行くよ。だけどその前に、どうしてもやらなければならない仕事があるんだ」

「やらなければならない仕事？」

ユリウスは頷いた。

「明日、城に行こうと思っていた。城に行って、父と弟と話をつけるつもりだ。誤解があれば解きたいと思っている。私には王位を継ぐ意思は全くないし、国を出るつもりだと伝えれば、誤解も解けると思う。何より誤解を解くことで、私を育ててくれた義理の両親や、今まで援助してくれていた仲間を救うことにもなる。そしたら私も心置きなく国を去れる」

「でもそれは危険すぎる。きっと捕まります！」

カナタは反対した。

「従弟が手引きして、城内に入れてくれる手はずになっている。大丈夫だよ」

ユリウスは右手を伸ばして、カナタの頬を撫でた。

「我々も手助けしましょう」

デニスがそう言うと、ヴェルナー達ももちろんと頷いた。

「ボクがちょちょいっと王様のところまで連れて行けば早いんじゃない？」

ルゥルゥが、パタパタと羽を羽ばたかせながら、楽しそうに言ったので、ユリウスが顔色を変えた。

「目を回して倒れて伸びちゃったら、それこそ捕まっちゃうからだめだよ」

ローラントが、ユリウスの気持ちを代弁して言ったので、皆が大笑いをした。


翌日、ユリウスの屋敷に、辻馬車を装ったデニス達が迎えに訪れた。

ユリウスは、デニス達と共に城へ向かう。事前に従弟から伝えられていた通用門を通って、城の裏口に向かった。

目立たない場所に馬車を止めると、そこで全員が降りた。

「様子を見てきます」

ヴェルナーとカナタが、裏口を探りに向かった。

「デニスさん」

ユリウスがデニスにそっと耳打ちをした。

「もしも……もしも私が捕まるようなことがあれば、皆さんはすぐにこの国を出てください」

「え？」

「表には出ていませんが、今、父が……国王が病に臥《ふ》せっているそうです。そのため王妃と弟の権力が、かなり強くなっています。弟のジェロームは、極端なオメガ差別派です。このままだと近いうちに、我が国にはオメガが住めなくなるでしょう。たとえ貴方がたがオメガだとバレなくても、私を通じてオメガ性奴隷を救出していたことは、知られるのも時間の問題です。貴方がたを捕まえるために、国境を閉鎖するかもしれない。その前にカナタを連れて、一刻も早く国外に脱出してください」

「しかしそれでは貴方が……」

「私のことよりも、カナタの方が大事です。どうかお願いします」

ヴェルナーとカナタが戻ってくるのが見えたので、ユリウスは早口でそう言うと、何事もなかったかのように振る舞った。

「裏口の鍵は開いていました。普段は使われていない通路のようです。人の気配はありませんでした」

ヴェルナーが報告を終えると、ユリウスは頷いて歩き出した。

裏口の前まで来ると、ユリウスはカナタを見つめて微笑んだ。

「皆さんはここまでで結構です。あとは私一人で行きます」

「ユリウス」

反論しようとするカナタの口を、ユリウスは「シィッ」と言いながら、人差し指を当てて黙らせた。

「城の中に他国の者がいる方が怪しまれます。私は大丈夫ですから、早く城の外へ出てください。カナタ、戻ったら一緒に君の国に行こう」

ユリウスはそう言って扉を開けると、一人で中に入って行った。

「カナタ……ユリウスさんの言うとおりだ。我々が見つかったら、逆に彼が不利になる。怪しまれる前に城を出よう」

デニスはそう言って、カナタを促しながら馬車に戻って行った。

「ルゥルゥ……お願い」

「分かった」

ルゥルゥはスッと姿を消した。


ユリウスは、シンと静まり返った暗い廊下を歩いていた。しばらく進むと扉に行き当たった。警戒しながら、ゆっくりと扉を開けると、少し広い廊下に出た。この廊下には覚えがある。城の半地下にある廊下だ。厨房や洗濯場など、使用人が働いている場所に繋がっているはずだ。

「ユリウス、こっちだ」

声がした方を見ると、少し離れた柱の陰に、従弟のテオドルが立っていた。ユリウスは辺りを窺いながら足早にテオドルの下に駆け寄った。

「テオドル、すまない」

「いや、実は陛下が、だいぶん前からお前に会いたがっていて、呼び寄せるための使者を使わしていたようなんだが、すべて王妃がもみ消していたことが分かったんだ。だからオレも、危険を承知で手を貸した。行こう」

テオドルは話しながら、持っていたフード付きのマントを、ユリウスにかぶせて顔を隠すようにした。歩き出したテオドルの後についていく。

「父上のご容態はどうなんだ？」

「良くもなく悪くもなくという感じだ。寝たきりという訳ではない。だが公務は皇太子に任せている」

二人は足早に歩きながら、ひそひそと小声で話をした。

「テオドル……君は私が城を追い出された後も、時々気にかけてくれていて、本当に感謝している。ありがとう」

「……オレは、優しい伯母上が……前王妃様が大好きだったし、優しいお前のことも好きだった。お前達がいた頃の城の中はとても明るくて楽しかった。今のこの城は嫌いだ。ただそれだけだよ」

辺りを警戒しながら階段を上がり、一階の廊下に出たところで、待ち構えていた兵士達によって、二人はあっという間に拘束されてしまった。

「テオドル、お前は以前から怪しいと思って、ずっと見張らせていたのよ」

王妃が広げた扇子で、厭らしい笑みを浮かべた口元を隠しながら、そう言って近づいてきた。


「王妃様」

「義母上」

「義母上？　貴方のような下々の者から、そう呼ばれる所以はありませんよ。この怪しげな男をさっさと地下の牢屋へ連れて行きなさい」

ユリウスは鎖で縛られ、身動きの取れない状態で、たくさんの兵士に無理矢理連れて行かれた。

「テオドル、貴方にはしばらく自室に籠っていただくわ」

テオドルは、兵士達に剣を突き付けられながら、口惜しげにその場を去って行った。


「大変だよ！」

馬車で城外に出ていたカナタ達の下に、ルゥルゥが姿を現した。

「ユリウスが捕まって牢屋に入れられちゃった！」

「ええ！」

カナタも、一緒にいたヴェルナーとローラントも驚きの声を上げた。デニスが馬車を止める。

「それで？　なんで瞬間移動で助けなかったの？」

「だって本当にあっという間にたくさんの兵士に捕まっちゃったんだよ。鎖でぐるぐる巻きにされて！　あの中からユリウスだけを瞬間移動なんて出来ないし、そしたらたくさんの兵士も一緒に連れてきちゃうし、っていうかそんなにたくさんをボク一人では運べないし！」

ルゥルゥが畳みかけるように早口で言ったので、ヴェルナーが宥めるように、よしよしとルゥルゥの頭を撫でた。

「デニス！　城に戻って！」

「だめだ！　今行ったらこっちまで捕まる」

「だけど！」

「カナタ、落ち着いて……少し様子を見よう」

「でも……あんなに命を狙われていたんですよ？　捕まったらすぐに殺されちゃう！　ルゥルゥ！　お願い！」

「ああ、もう仕方ないなぁ」

カナタがルゥルゥを抱きしめて頼んだので、ルゥルゥは困った顔でカナタと共に姿を消した。

「カナタ！　デニス！　カナタが！」

ヴェルナーの叫び声を聞いて、デニスは眉間にしわを寄せた。

「ったく……仕方ないな……」

デニスは馬車を方向転換させて、再び城へ向かった。


カナタとルゥルゥは、城の地下に姿を現した。柱の陰に隠れながら辺りを窺う。じめじめとして薄暗いそこは地下牢の檻《おり》が並んでいた。

あまり使われていないのか、どの檻も空だった。だが一ヶ所だけ、壁に蠟燭《ろうそく》が灯り、少し明るい場所がある。その檻の前には二人の兵士が立っていた。

『あそこにユリウスがいる』

カナタは忍び足で近づくと、タッと飛び上がり一人の兵士の頭を回し蹴りで倒した。不意打ちを食らった兵士は、何が起きたか分からないままその場に倒れた。

「何者だ！」

もう一人の兵士が叫んで、腰の剣に手を掛けた。カナタは倒れている兵士の腰の剣を素早く抜き、その剣先でもう一人の兵士の、剣を下げている吊具に引っ掛けて、一瞬にして切り離した。兵士が剣を抜くより先に、ガランッと音を立てて剣が床に落ちる。

「え？」

兵士が驚く暇もなく、カナタは兵士の懐に体当たりをして、持っていた剣の柄を鳩尾に当てた。

「ぐっ」と兵士は呻《うめ》いて、前のめりに崩れ落ちた。目にも止まらぬ速さで、二人の兵士を倒すと、カナタは兵士達の懐を探って、牢屋の鍵を取り出した。

「カナタ！」

「ユリウス！　助けに来たよ」

「なぜ逃げなかった！」

「文句は後で聞くから」

カナタは牢屋の扉を開けると、中に入りユリウスの手枷《てかせ》の鍵を探して外した。

「なんの音だ？」

不審な音を聞きつけた上階の兵士が階段を下りてくる音がする。たくさんの足音だ。

「ルゥルゥ！」

カナタは焦ったようにルゥルゥを呼んだ。

「二人だから、一度に外には出られないよ」

ルゥルゥは文句を言いつつ、カナタの肩に乗った。カナタはユリウスを抱きしめた。二人はルゥルゥと共に姿を消した。

そこへ兵士達が駆けつけて、牢がもぬけの殻になっていることに気がついた。

「脱走だ！　囚人が脱走したぞ！」

一気に城の中が騒がしくなった。

「デニス！　城の様子が変だ」

城の外で様子を窺っていたヴェルナーが、異変に気づいてデニスに告げた。

「カナタ達が見つかったのかもしれない……こっちで騒ぎを起こして気を引こう」

「騒ぎを起こすのは得意だぜ」

ローラントがデニスの言葉を聞いてニヤリと笑った。

ローラントは物陰に身を隠しながら、城の正面玄関に近づいた。懐から何かを取り出すと、狙いを定めて投げつけた。

すると入り口に立つ衛兵達の足元で、パパパパパンッと大きな破裂音がいくつも鳴り響いた。衛兵達はひっくり返るほど驚いて大騒ぎになった。城の中からも兵士達が飛び出してくる。

ローラントは場所を変えて、また破裂音を鳴らし騒ぎを起こした。


カナタとユリウスは、まだ城の中にいた。一階に辿り着き廊下に飾られた金色の豪華な甲冑《かっちゅう》を置く大きな台座の裏に隠れていた。

周囲にはたくさんの兵士が、ユリウス達を探すためにうろついているので、身動きが取れずにいた。

「ルゥルゥ」

「ごめん、二人を運ぶのだとどうしても遠くに飛べないんだ。今飛んでも城の前庭くらいになっちゃう……こんなに兵士がいたら見つかるよ」

「じゃあ、先にユリウスだけ連れて、遠くに飛んでよ」

カナタがそう言った時、外で大きな音がした。兵士達は一斉にそちらに向かって走り出す。

「デニス達が加勢してくれているんだ。さあ、今のうちにユリウスを先に……」

「カナタ」

ユリウスがカナタの肩を両手で掴み、正面からしっかりと見つめた。

「カナタ、よく聞いてくれ、このままではたとえ城の外に逃げても、私への追っ手は城下町中に出されるだろう。下手をすれば国境を閉鎖されてしまうかもしれない。君も君の仲間もみんな逃げられなくなってしまう。私を置いて逃げてくれ」

「ユリウス！　嫌だ！　私も残る！」

「ダメだ！　君が逃げないと、仲間も逃げられないんだよ？　みんなを巻き込むつもりか？」

「でも……」

「私が残れば……私が捕まれば、少なくとも君達が逃げる時間は稼げる。私のことなら心配しないで、これだけの騒ぎになったんだ。逆に私のことを簡単に殺すことは出来ないだろう。廃嫡になっても王族だ。私を手助けしてくれていた従弟のように、他にも味方はいる。だから君は逃げてくれ」

「ユリウス……必ず……必ず私の下に戻ってきてください。私のお腹には貴方の子供がいるのです」

「え……子供が？」

ユリウスの顔色が変わった。カナタは必死だった。妊娠しているかどうかなんて、まだ検査もしていないから分からない。だけどユリウスを繋ぎとめたくて必死だった。

「そうです。あの時の子です。ユリウス、どうか私とこの子のために、どうか生き延びてください」

ユリウスは答える代わりに、カナタの体を強く抱きしめた。そして口づけをした。

深く口づけて、ゆっくりと唇が離れる。目の前にユリウスの優しい眼差しがあった。

「カナタ、約束するよ。生き延びて必ず君に会いに行く……愛しているよ」

「ユリウス、私も愛しています」

ユリウスはカナタの額に優しく口づけて、体をそっと離す。

「ルゥルゥ君、カナタを頼む」

「わ、分かった」

ルゥルゥは戸惑いながらも、カナタの肩に乗って小さな手できゅっとしがみついた。

「早く！」

「ユリウス！」

ルゥルゥはカナタを連れて瞬間移動をした。目の前でカナタの泣き顔が一瞬にして消えていった。ユリウスは消え去った後をしばらくじっと見つめていた。

「何をしている！　まだ見つからないのか？」

すると聞き覚えのある声がする。弟のジェロームだ。ユリウスは、ぐっと拳を握りしめて立ち上がった。

「私はここだ。ジェローム」

ユリウスはゆっくりと廊下に歩み出た。

「兄上……」

ジェロームが、少しぎょっとした顔でたじろいだのが分かる。ユリウスは苦笑した。

「まだ私のことを兄上と呼んでくれるんだね」

言われて我に返ったジェロームは赤くなった。

「黙れ！　お前達、何をやっている！　早く捕らえろ！」

ジェロームの命令に、兵士達は慌ててユリウスを拘束した。槍《やり》で体の前後を封じられ、両手を後ろ手に縛られた。

「私は一体、なんの罪で捕らえられるんだい？」

騒ぎを聞きつけて、城内にいた他の貴族や役人達が遠巻きに見ている。ユリウスが知っている顔もあった。

「ろ、牢屋を脱獄しただろう」

「そもそも、その牢屋に入れられたのだって、なんの罪で投獄されたのか分からないのだけど……私は父上に呼ばれたから会いに来ただけだよ」

ユリウスはわざと遠くの者にも聞こえるように、大きな声で言った。ジェロームはその様子を見て、周囲に野次馬がいることに気づき、悔し気に歯噛みする。

「お、お前は下級貴族ではないか！　ここにはお前の父などおらぬ」

ジェロームは、ユリウスの側まで歩み寄り、顔を近づけて少し小声で吐き捨てるように言った。ユリウスは眉根を寄せてジェロームを睨み返していたが、ふと何かに気づいたように表情を変えた。

「ジェローム……君は今年でいくつになる？」

「じゅ……十六だ」

ジェロームは釣られて素直に答えた。ユリウスはその答えを聞いて、一瞬考え込んだ。

「なんだ。子供と思ってバカにするのか？　私はもう父上から公務を任されているのだ」

「ジェローム、私をただの下級貴族と思っているのならば、なぜそんなに私を憎む？　この国の皇太子は君だ。次の国王は君だ。私が邪魔をするとでも思っているのかい？　私が今まで一度でも邪魔をしたことはあるのかい？　もしも何か不安に思っていることがあるのならば言ってごらん。いつでも話を聞くよ」

ユリウスはジェロームを宥めるように優しく話しかけた。ジェロームは少し赤くなって、困ったように眉根を寄せている。

「わ……私は別に……」

ジェロームは急に大人しくなった。先ほどまでの剣幕が嘘のようだ。ジェロームは十一年ぶりに会う兄が、幼い時の記憶と変わりなく優しいことに戸惑っていた。母から毎日のように聞かされていた話とは違う。市井に身を落とし、そのことでジェロームに逆恨みをし、反逆を企んでいると母から聞かされていた。

「私は用事が済めば、すぐに城から出て行くよ。そしてもう二度とここに来ることはないだろう。だから放してくれないか？」

ユリウスは穏やかに説得を試みた。ジェロームは迷っているようで、眉根を寄せて目をうろうろとさせている。彼はまだ子供だ。母に言われるままに動いているだけなのだろうと、ユリウスは感じていた。

「しかし……」

ジェロームが躊躇していると、「何をしているのです」と厳しい声が廊下に響き渡った。

「は、母上」

ジェロームはビクリと体を震わせた。

王妃が私兵を引き連れて近づいてきた。

「ジェローム、そのような卑しい者と話をしてはなりません。貴方は皇太子なのですよ？　その者の始末は、家臣に任せておきなさい！　衛兵隊長！　何をしているのです！　城に侵入し騒ぎを起こした賊ですよ？　さっさと処刑してしまいなさい！」

ヒステリックな王妃の言葉に、衛兵隊長も衛兵達も戸惑いを隠せない。

「王妃様……ですが詮議もせずに処刑というのは……」

「おだまり！　私が良いと言っているのです。さっさと命令に従いなさい」

「母上」

ジェロームも困惑していた。

「そこまでです！　王妃様」

朗々とした声が、その場を制した。ザッザッという規則正しい足音と共に、優美な揃いの隊服を身に纏った近衛兵隊が現れた。衛兵達は慌てて道を空ける。

「その者の拘束を解かれよ」

先頭に立つ近衛隊長が、ユリウスを拘束している衛兵達に命じた。衛兵達はすぐにユリウスを解放した。

「何を勝手にそのような……」

「王妃様、恐れながらこの城内を守る兵士の中で、最も高い地位にあるのは、我々近衛兵であり、統括指揮権を持つのは私、近衛隊長であります。そして我々近衛兵は国王直轄の兵……すなわち、私の命令は陛下の命令でもあります。たとえ王妃様でも、それを違えることは出来ません。お許しください」

立派な口髭《ひげ》を蓄えた壮年の近衛隊長は、王妃に対して一歩も譲らず威厳をもって対峙《たいじ》した。これには王妃も、二の句も継げることが出来ず、その場に立ち尽くした。

「ユリウス様、こちらへ」

近衛隊長が会釈をして手招きをしたので、ユリウスは縛られて赤くなった手首を摩《さす》りながら、近衛隊長の側まで歩み寄った。

「クレマン隊長、ありがとう。元気そうで何よりです」

ユリウスが嬉しそうに近衛隊長に挨拶をした。

「ユリウス様もお元気そうで……陛下がお待ちです」

近衛隊長は、ユリウスに一礼をした。そして困惑した様子で立っているジェロームに視線を送った。

「ジェローム殿下もご一緒にお越しください……王妃様はご遠慮願います」

青い顔で佇む王妃をしり目に、近衛兵に護衛されながら、ユリウスとジェロームは国王の下へ向かった。


ルゥルゥとカナタは城外に待機させていた馬車の側に転移していた。

「カナタ？　顔が真っ青だよ？　大丈夫？」

ルゥルゥは、荒い息遣いでその場に膝をついてしまったカナタに心配そうに声を掛けながら、辺りを見回した。馬車の側にデニス達の姿がない。城の方ではまだ騒ぎが続いているようだ。たぶんそこにデニス達がいるのだろう。

「デニス達を呼んでくるから、カナタは馬車に乗っていて」

「でも……ユリウスが……ルゥルゥ……もう一度城の中に行ってユリウスを……」

カナタは苦しげに息を吐きながらそう言った。

「……分かった。分かったから、とにかく馬車に乗って」

ルゥルゥがもう一度強く言うと、カナタは頷いて、ふらふらと立ち上がり馬車の方へ歩いて行った。ルゥルゥはそれを見送りながら、パッと姿を消した。

それから少し間をおいて、ヴェルナーを連れて転移して戻ってきた。

「カナタ！」

ヴェルナーは馬車に駆け寄り、客車の扉を開けた。中でカナタがぐったりと横になっている。

「何度も瞬間移動したから、体に負担をかけたんだと思う……赤ちゃん大丈夫だよね？」

ルゥルゥが心配そうに、ヴェルナーの肩に乗ってカナタを覗き込みながら言った。

「カナタ、カナタ、オレが分かるかい？　しっかりして」

ヴェルナーがカナタの上体を抱き起こしながら、何度も声を掛けた。するとカナタがうっすらと目を開ける。

「ヴェルナー」

「カナタ……良かった。すぐにデニス達も戻るから」

「ユリウスは？」

「カナタ……少し眠りなさい」

ヴェルナーはカナタの額に右手を当てて、癒やしの魔法を使った。

カナタは目を閉じて、ほっと息を吐く。少しだが顔色が良くなったように見える。

「カナタは無事か？」

デニスとローラントが戻ってきた。二人は客車を覗き込む。

「無事だけど、そんなにいい状態じゃないよ。どこかでゆっくり休ませないと……」

「追っ手が来ている。とにかく逃げよう！」

デニスはそう言いながら御者台に飛び乗った。ローラントも客車に乗り込むと、勢いよく扉を閉める。

それと同時に馬車は走り出した。

馬車は物凄い勢いで大通りを疾走して、そのまま郊外へひた走り、アジトに辿り着いた。

「フリーダ！」

デニスは馬車から叫びながら飛び降りた。家の中からフリーダが飛び出して、何事かという顔をしている。

「緊急事態だ！　すぐに荷物をまとめて国外に脱出する！　今すぐだ！」

「デニス！　一体何があったの？」

「説明は後だ。国境を閉鎖される前に、国外に脱出する。必要なものだけ馬車に乗せろ。ローラント！　手伝ってくれ！」

駆けてきたローラントに指示をして、アジトにいる仲間と共に、大慌てで荷造りを始めた。最低限に必要な物や、オメガ救出に必要な物など、アネイシス王国の痕跡を残さないように、注意しながらすべてを幌馬車に積み込んだ。

緊急事態の対処法は、日頃から周知している。皆、慌てながらも手際よく行い、半刻も掛からずに準備を整えて、仲間も全員馬車に乗り込んだ。

「出発だ」

デニス達の馬車を先頭に、二台の馬車は国境に向かって走り出した。

「あ〜あ、今夜飲もうと思って買っておいたワイン、部屋に置いたままだよ」

ローラントが溜息を吐いてぼやいた。

「悔いが残るものは何も部屋に置かないのが、救出部隊の鉄則だよ？」

ヴェルナーは、カナタに膝枕をして、頭を撫でながらローラントに言った。

デニス達は、いつ捕まるとも知れない危険な任務に就いている。そのため潜伏中の家の中には、生活に必要な最低限の家財道具以外は何も置いていなかった。

「カナタのお気に入りの蓄音機を置いてきちゃったな」

ルゥルゥがポツリと呟いた。

皆それぞれ、何も置かないと言いながら、日々の生活の癒やしに何か所持していた。

ヴェルナーとローラントは何も言わずに、眠っているカナタを見つめた。

馬車は二刻ほど走りようやく国境に辿り着いた。国境はまだ閉鎖されていなかった。それまで速度を上げていたが、監視塔から怪しまれないように速度を落とし、旅の馬車を装ってゆっくり無事に国境を越えた。

それからしばらく馬車を走らせ、国境から一番近い小さな町に辿り着いた。

「本当は用心のため、もう少し離れたいんだが、カナタの体のことがあるから、今夜はここに宿を取ろう」

デニス達は宿を取り、カナタをベッドで休ませた。

「様子はどうだ？」

部屋から出てきたヴェルナーに、デニスが尋ねた。

「弱っているけど、たぶん十分に休めば大丈夫だと思う」

「そうか……少しみんなで話をしよう。今後のこともあるからな」

デニスはヴェルナーを連れて隣の部屋に向かった。部屋の中には仲間が揃って待っていた。

「とりあえず君達には事情を説明する必要があるな」

デニスはフリーダ達アジト組に、事の顚末《てんまつ》を説明した。

「結果としては、お家騒動に巻き込まれてしまった感はあるけれど、もしもユリウスの件がなかったら、王妃と皇太子の政権に変わった時に、我らは窮地に立たされるところだった。まあ助かったということにしよう。それでここに来るまで考えていたんだが……フリーダ達とヴェルナーは、カナタを連れて一旦帰国してくれ。オレとローラントは残り、引き続きイディア王国の情勢を探ることにする」

「残るって……イディア王国に戻るのかい？」

フリーダが心配そうに尋ねた。

「戻ると言っても、いつでも逃げられるように国境近くに拠点を置く。二人なら逃げるのも容易いからな……ヴェルナーは帰国したら陛下にすべてを報告して、今後について指示を仰いでくれ。イディア王国の国王がすぐに変わらなかったとしても、手を引くと判断されたら、オレ達も帰国する。それまでは情報を送り続けるつもりだ」

「分かった」

　ヴェルナーは頷いた。

　それから二日滞在し、カナタが歩けるまで体力を取り戻したので、帰国することになった。

「ユリウスのことが何か分かったら連絡するから」

　デニスはカナタを宥めるようにいった。カナタはすっかり消沈してしまっていた。

「気をつけて」

　ヴェルナー達はデニスとローラントに別れを告げると、アネイシス王国に帰国していった。


　少しばかり前に戻る。

　ユリウスは、父であるイディア国王に、十一年ぶりの対面をした。

　国王は床に臥せてはいなかった。椅子に座り、威厳をもってユリウスと対面した。

　だが顔色はあまり良くなかった。ユリウスには、少し痩せて歳を取ったなという印象だ。

「お久しぶりです」

　ユリウスは国王の前で恭しく礼をした。

「ユリウス……すっかり立派になったな」

　国王は懐かしそうに表情を緩ませた。

「王妃がそなたに酷いことをしてしまったようで……代わりに謝罪する。申し訳なかった」

「いえ……私はもう王家には関わりのない人間です。今後はもう放っておいていただければ、私は別に何も……」

ユリウスは淡々と答えた。それを国王は少し寂しげな表情で見つめていた。

「ユリウス、そなたを呼んだのは、大人になったそなたと、きちんと話をしておきたかったからだ。そなたにとっては、今更と思われるかもしれんが……先のない年寄りをねぎらって、少しばかり付き合ってくれぬか？」

「……分かりました」

ユリウスは侍従に促されて、国王の向かいに用意されたソファに腰を下ろした。

「ジェロームも座りなさい」

少し離れたところで、所在無げに立っていたジェロームに、国王は声を掛けた。ジェロームは渋々という様子で歩いてくると、ユリウスの隣に座った。

「話をしたかったのは、なぜユリウスを廃嫡にしたのかということなんだ」

「陛下、それは私が廃嫡されるときに伺いました。私がオメガを擁護し、奴隷制度を廃止したいという考えを持っていたため、それを止めさせようと矯正したが治らず、このままではこの国の王として相応しくないと思ったからだと……」

「確かにそうなのだが……実はもっと深い理由があったのだ」

「陛下、しかしその話はもういいのです」

国王の話をユリウスは遮った。

「私も大人になりました。色々な経験をし、色々な人々と出会い、私もよく分かったのです。確かに私の思想ではこの国を王として治《おさ》めることは出来ないと……この国がなぜオメガを弾圧し、他国を侵略して奴隷にするのか、すべてを理解しました。我が国は政治的に他国を侵略し、その国の民から財産を奪い、払えないものを奴隷にする。そのことによって武力での戦争を回避し、他国民の反乱を防いできた。そして一度始めた奴隷制度は、簡単には廃止することは出来ない……我が国を繁栄させるための戦略として、仕方のないことなのだと……今は理解します。

ただ理解することと、私がそれを容認することは別の話です。私はやはり奴隷制度を容認することは出来ない。廃止できない以上は、この国の王にはなれません」

ユリウスはとても静かだった。熱弁をするわけでもなく、国王や皇太子を説得するつもりもなかった。だからとても冷静に淡々と語っていた。自分でも驚くほど、心が静かだった。

「そして大戦後、すべてを失ったヴォート人とエルヴァ人は、生きていくために共に手を取り合った。イディア王国の始祖は、繁殖能力が高く労働力の高いヴォート人……ベータを国民として受け入れれば、国家を早く立ち上げられることに気がついた。高い頭脳と魔力を使ってベータを上手く取り込んだアルファ達にとって、同じエルヴァ人であるはずのオメガが邪魔になったのです。なぜなら大戦前にあったオメガと共に生きるための、様々な道具や技術を失っていたからです。それを失くしたオメガは、アルファにとっては懐に抱えた爆弾のようなもの……オメガの発情はアルファを狂わせてしまう。だからこの国のアルファは、オメガを弾圧し始めたのです。自分達の地位を守るために……」

「嘘だ！」

ジェロームが叫んだ。キッとユリウスを睨みつけたが、ユリウスは無視するように話を続けた。

「この城の宝物庫には禁書があります。すでにほとんどが消失していますが……あれは大戦前のエルヴァ人が書き記した歴史や魔法具や様々な技術に関する辞書のようなものだったはず……私は残っていたものだけではありますが、すべて読み解きました。残されていたものは歴史書の一部でしたが……それでこの国のことが分かったのです」

「父上……嘘でしょう？」

ジェロームが国王に尋ねたが、国王は目を閉じて何かを考えているようだった。

「ですから、オメガを弾圧することを止められないこの国の王にはなれません」

ユリウスは付け加えるように言った。

「さ、さっきから王にはなれないなどと、勝手なことを言っているが、そもそもお前は廃嫡されているんだ。王にはなれるはずもないだろう！」

ジェロームは、赤い顔で憤慨しながらユリウスに抗議した。

「陛下、私がもういいと言ったのは、そういうことです。私はすべてをもう理解しているのです。だから今更ご説明は必要ありません。私は王位を奪おうなどと企んだことは一度もありません。それを証明したかったのです。義母上にもそのようによくよくお伝えください。ジェロームも分かって欲しい」

ユリウスは、それまでジェロームを無視していたが、ようやくジェロームを見つめて穏やかにそう告げた。ジェロームは眉根を寄せて黙り込んだ。

「そしてもうひとつ……私はこの度オメガと番になりました。誰よりも大切な人です。彼は私の魂の番でした。私はこの国を捨てて、彼と暮らします。ですから今日を最後に、この国を出て二度と戻ることはないでしょう。ですから……私がいなくなった後、私を育ててくれたキルヒマン夫妻や、私に協力したと嫌疑をかけられている人々を、どうか許してやってほしいのです。私から陛下にお願いしたいことは、このひとつだけです。私を憐れんでくださるならば、どうかお聞き届けください」

ユリウスの告白に、ジェロームはとても驚いて大きく目を見開いたまま、隣に座るユリウスの横顔を凝視していた。

国王も驚いたように一度大きく目を見開いたが、やがて「ああ……そうか……」と消え入るような声で呟いて、両手で顔を覆ってしまった。その様子に、ユリウスとジェロームも驚いた。

「陛下？」

国王は両手で顔を覆ったまましばらく震えていた。やがて国王はゆっくりと手を放して、涙を浮かべた両目で、ユリウスを見つめた。

「ユリウスよ……やはり私の話を聞いてほしい。いや……そこまで悟ったお前だからこそ聞くべきだ。私が言おうとしていた、もっと深い理由の話だ」

国王はゆっくりと語り始めた。

「私には二歳上の兄がいた。この国の世継ぎである皇太子だ。我が王家の歴史から抹消されてしまった、我が兄フェルナンの話をしよう」

「父上の……兄?」

ユリウスは初めて聞く話にとても驚いた。国王の言うように、イディア王家の歴史書に、その人物が載っていた記憶はない。現国王が長子として記載されていたはずだ。兄弟であるはずの叔父からも、一度も聞いたことが無い。育ての両親や市井で親しくしていた者達からさえも、そんな話を聞いたことがない。

「兄のフェルナンは、素晴らしい人物だった。文武両道なのは当然ながら、性格も優しく寛容で、人望があり、王に相応しい人だった。だがそんな兄には、誰も知らない秘密があった。禁書を解読し、研究をしていたのだ。兄はオメガを擁護し、奴隷制度を廃止したいと考えていた。そしてユリウス、お前が言ったように、兄はこの国でオメガが弾圧されている理由を知っていたのだ。だからこそ、オメガを救う手立てを探ろうとしていた。自分が王位に就いた時に、それを実現するために……」

ユリウスにとってはその話だけでも、とても驚きだった。自分とまったく同じことを考えていた人がいた。それも皇太子だったとは……。

「兄には幼馴染みでもある親友がいた。侯爵家の嫡男で年は兄より一つ下だったが、幼い頃からの学友だった。とても聡明で美しい人だったそうだ。だがある日、二人の運命を変える事件が起きた。その親友がオメガであることが分かったのだ。それもきっかけは……兄と共にいた時に、初めて発情を誘発してしまったからだったらしい。二人は魂の番だった。

兄は十八、親友は十七。兄は親友の両親に懇願した。彼を助けてほしいと……お前達は分かっていると思うが……我が国の貴族の家に生まれたオメガは、ほとんどが売られている。オメガは家の恥だと思っているからだ。だからこの国ではオメガの性奴隷売買が後を絶たない。表面上は法で禁止しているが、内情は不問のまま売買されている。だが兄が懇願するまでもなく、侯爵家は我が子を売ることはなかった。たとえオメガでも、愛する我が子を守ると兄に誓ったんだ」

国王はそこまで話して、一息つくように黙り込んだ。目を閉じて昔を思い出しているようだ。国王は侍従に酒の用意をさせた。

ワインの注がれたグラスが、ユリウスとジェロームの前にも置かれたが、二人は手を付けなかった。

国王はワインを軽く一口だけ飲むと、再び話し始めた。

「兄はそれからさらに禁書の解読に没頭した。親友を助けるためだ。侯爵家では息子は重い病気になったと偽り、屋敷の中に匿《かくま》い続けた。兄達二人は文通でやりとりをするだけで、長く会わずにいた。兄は自分のせいで、親友を発情させてしまったことを、ずっと悔やんでいた。大事な親友なのにと……。でも魂の番である二人が惹かれ合わないはずはなかった。二人は秘かに愛を育みあった。しかし兄が二十歳になった時に、許嫁との婚儀の話が持ち上がってしまった。それをきっかけに、兄は一線を越えて親友と結ばれたのだ」

ユリウスはそこまで聞いて、嫌な予感がした。その先は聞かなくても察することが出来る。皇太子が王家の歴史から抹消されるほどだ。幸せな結末だとはとても思えない。

ユリウスは不快を表情に現しながら、それでも黙って聞くことにした。

「兄は親友に禁書の話をした。解読が完了して、研究が上手くいけば、きっと堂々と皇太子妃として迎えられると……二人は夢を語り合った。そして兄は、父王に許嫁との婚約破棄を申し出た。誰とはまだ言えないが、将来を誓い合った相手がいると告白した。父王は怒り、あらゆる手を尽くして、兄の相手を探し当てた。そして侯爵家の嫡男がオメガであることまで突きとめた。侯爵家は弾劾され、嫡男を差し出すように責められたが従わなかった。侯爵は兄に息子を遠くに逃がすことを打ち明け、出来れば一緒に逃げてほしいと頼んだ。だが兄は逃げなかった。愛する人を逃がすために、父の暴挙を止めるために、追っ手に出ようとしていた近衛兵団の前に立ちふさがり、王城の正面門の前で自らの喉を剣で切り裂き自害した」

ユリウスは眉間にしわを寄せて目を閉じた。ジェロームはよほどショックを受けたのか、両手で口を塞いで震えている。

「オメガを庇い立てし、公衆の面前で自害するなど王家の汚点だとして、父王は兄の存在を抹消してしまった。国民にも絶対に兄の名すらも口にしてはいけないと布令した。その後逃げた侯爵の息子を探さなかったのは、せめてもの慈悲だったのだろう」

ユリウスはまだ険しい表情をしていた。決して美しい悲恋物語などではない。王家の醜いしきたりによって不幸にさせられただけの話だ。怒りしか胸になかった。

「お前が生まれた時、私は驚いた。兄にそっくりだったからだ。姿もそうだが……成長するにつれて、優しい性格も、熱い信念も、人望も……兄を知っている誰もが思ったはずだ。生まれ変わりだと……そして思想まで……因果応報だと思った。父の悪行を私が報いらねばならないのだろうと……周囲の者達はまた同じことが起きるのではないかと噂《うわさ》し始めた。何も知らない王妃は、お前を変わり者と思い疎んじているのも分かっていた。このままではお前を兄と同じ目に遭わせてしまうのではないかと……それだけが心配で……亡くなったお前の母にも申し訳なく思い……それでお前を廃嫡にしたのだ。お前を守るためだったのだ。信じてほしい」

ユリウスは返事をしなかった。険しい表情のまま目を閉じている。なんとか怒りを静めようとしていた。

「陛下……私が許すと言えば満足ですか？　それだけのために……私にこの話をするためだけに呼び寄せたのですか？」

「どういう意味だ？」

国王の問いかけに、ユリウスは目を開き真っ直ぐに国王を見つめた。

「私を再び皇太子として迎えるおつもりではなかったのですか？」

「何を……」

ジェロームが叫びかけたが、国王が何も言わないので、まさか……という顔で国王を見つめた。国王は苦しげな顔をしている。

「確かに……正直に申せば……そう考えていた。だがそなたの話を聞いて……今はもう諦めている。お前の決意は固いのだろう。国を出ることを引き留めれば、それこそ……それこそ本当に兄と同じ運命を辿らせてしまうだろう。私とてそれだけは避けたいという親心はある」

「なぜですか！　父上！　なぜ今更そんな……私に王位を譲らぬと申されるのですか！」

ジェロームは勢い良く立ち上がり、真っ赤な顔で目に涙を溜めながら叫んだ。

「ジェロームは知らないのですか？」

ユリウスが驚いたように国王に言ったので、ジェロームは二人を交互に見つめた。

「やはりお前も気づいたか」

「父上……なんの話をしているのですか？」

ジェロームは困惑した表情で、何度も二人の顔を交互に見ていた。

「ジェローム、すまぬ……王妃に口止めされていたのだ……お前はオメガなのだよ」

国王の衝撃の告白に、ジェロームは真っ青になって震え始めた。

「嘘だ……私はアルファだ……そんなはずはない……」

「ジェローム、本当だ。お前はオメガだ」

ドサッと音を立てて、ジェロームはその場に崩れるように床の上に座り込んでしまった。顔面蒼白で目も虚《うつ》ろだ。

ユリウスは憐れむようにジェロームを見つめた。

「本人に分からぬように、今まで抑制剤を投薬していたんでしょう……そんなことでいつまでも隠し続けられるものではない。父上！　貴方が本当に亡くなった兄上に申し訳ないと……本当に報いたいと思っているのならば、オメガであっても我が子を受け入れ、王位に就かせるべきです」

ユリウスは厳しい口調で言った。

「貴方はジェロームがかわいくないのですか？　オメガだと分かったとたんに、我が子への愛情までなくなるのですか？　そんなに……そんなにアルファは偉いのですか⁉」

ユリウスに糾弾されて、国王は苦悩の表情でジェロームを見つめた。

「ジェロームを愛している。だがこの国では……オメガを守り切れぬ……」

「馬鹿なことを言わないでください‼」

ユリウスは怒鳴りながら立ち上がった。

「貴方は誰ですか⁉　この国の王でしょう⁉　貴方の権力はなんのためにあるのですか⁉　今の貴方は先王と何も変わらない。王家のために我が子を道具にするのだから……同じ馬鹿なら王妃の方がマシです。たとえ我が子がオメガでも、その地位を保とうと画策しているのですから、愛があります。王妃は権力が欲しいわけではない……権力が欲しいだけならば、ジェロームを捨てて、新たに子を産めばいいのです。たとえ陛下の子でなくても、王の子だと偽る術などいくらでもあります。ジェロームがオメガだとしても皇太子でい続けさせることが、ジェロームの幸せだと信じているだけなのです」

放心状態だったジェロームが、目を丸くしてユリウスを見上げていた。蒼白だった顔に次第に色味がついてきていた。

「私は……義母上を嫌いになれないのです。今はこんな風になってしまいましたが……初めて王妃として来られた頃は、私に優しくしてくださった。母になろうとしてくれていました。あの頃の私は子供だったから分からなかったけど……今なら少しは分かるのです。まだ十八歳の子供を産んだこともない若い娘が、いきなり母になろうなんて無理な話です。王妃らしくなるのだって大変だったでしょう。周りは先の王妃を褒めてばかりで……きっとお辛かったと思います」

ユリウスは眉根を寄せて、国王を見据えた。もう先ほどの怒りは静まっていた。穏やかな表情に戻っている。

「侯爵のご子息はその後どうなったのですか？」

改めて聞かれて、国王は戸惑いながら記憶を辿った。

「どうなったかは知らぬ……ただ侯爵が持たせられる限りの財産と従者達と共に逃がし、兄が用意できる限りの財宝を持たせ、皇太子付きの私兵一個中隊を護衛に付けたと言われている。それだけの家臣と財産があれば、どこかで無事に生き延びているだろう。それに兄は……解読中の禁書と資料のすべてをその者に託したと言われている。だからこの城には禁書が僅かしか残っていないのだ」

「え？　……今なんて……」

ユリウスは思わず聞きかけて、脳裏にカナタが話していた言葉が思い浮かんだ。

『国王も……国の主たる役職の者もすべてがオメガです。国民の半分がオメガの国なのです』

『我が国ではエルヴァ人が残した書物をもとに、研究を行い薬や魔法具を開発しているのです。でも……なぜユリウスさんが、禁書のことをご存じなのですか？　エルヴァ人のことも……今やほとんどの人々が知らない話です』

「オメガの国……」

　ユリウスはポツリと呟いた。はっとしたように顔色を変えた。

「陛下、ジェローム……もしかしたら、オメガでも公務に支障なく王としての務めを果たすことが出来るかもしれません」

「どういうことだ？」

「私に少しお時間をいただけませんか？　半年になるか一年になるか、それ以上になるかは分かりません……でも必ずジェロームが、オメガであることに絶望をしなくて済むように、私がその手立てを持って戻ってまいります。ですがそれには、陛下のお力が必要です。陛下が王としての権力を使える間、ジェロームを守ってください。そしてジェロームが王位に就けるように、この国を変えてください。そうしなければ……貴方は二人の息子を失うことになるでしょう」

「ユリウス」

　ユリウスは国王に深々と一礼をした。それは別れの挨拶だった。

「ジェローム、強くなれ」

　ユリウスはジェロームに右手を差し出した。

「兄上……」

　ジェロームはユリウスと握手を交わし、ポロリと一粒涙をこぼした。


　ユリウスはコリンの病室に来ていた。

「という訳なんだ。コリン、君にはすまないが、私はカナタを探して国を出る。君は連れていけない。私のせいでこんな怪我をしたのに申し訳ないと思っている。火傷《やけど》の痕も残るだろう……退院後は君の好きにしていい。君は自由だ。屋敷に一度は戻りなさい。両親には君のことを頼んである。家族の下に戻りたいならそうしてもいい。退職金を用意するよ」

ベッドに横たわるコリンは、笑いながら首を振った。

「いいえ、火傷の痕なんて男ですから平気ですよ。あと半月もすれば退院できると医者から言われました。痛みもだいぶなくなりましたし、杖《つえ》を突けば少しは歩けるようにもなっています。オレはユリウス様がこんな目に遭わなくて良かったと心から思っています。お供出来ないのは残念ですが……私は屋敷に戻って働きます。ユリウス様がいなくなった後のお二人が心配ですから」

コリンは爆発事故で、体の半分に火傷を負う重傷だった。一時は昏睡状態が続いたが、今はこうして笑えるほど元気になっていた。

「何か手掛かりはあるのですか？」

「いや……実は何もないんだ。カナタが住んでいた場所も知らないし、彼らのアジトも知らない。唯一知っていたリーダーの家に行ってみたんだが、もちろん鍵が掛かっていて、何度か行ってみたが留守だったし、帰ってきた形跡もない。やはり皆帰国したのかもしれない」

「じゃあ、どうなさるのですか？」

「ん……」

ユリウスは窓の外を眺めた。

「いろんな国を旅するつもりだ」

「え？」

コリンが驚いて目を丸くしている。その顔を見て、ユリウスはハハハと声を上げて笑った。

「別にあてもなく旅する訳ではないよ。カナタは世界中に仲間がいて、同じようにオメガを救う活動をしていると言っていた。だからオメガを弾圧している国に行けば、カナタの仲間に会えるかもしれない……そう思ってね」

「なるほど……でもユリウス様は無茶をしがちですから……あの時みたいに大怪我をしないでください

ね」

コリンが言っているのは、カナタに助けられた紡績工場での事件のことだ。ほんの三ヶ月ほど前の話なのに、なんだかひどく懐かしく感じられた。

「それじゃあ、私は行くよ……コリン、元気で」

「ユリウス様もお元気で……カナタさんに会えるように祈っています」

二人は握手を交わした。

カナタと離れてから、五日が過ぎていた。

ユリウスは、育ての両親とも話し合って、カナタを探すため旅立つことに決めていた。明日の朝旅立つ。

ユリウスは病院を出ると、辻馬車には乗らずに大通りを歩いた。この街ともこれでお別れだ。大学にはすでに話をつけてあった。生徒達には悲しまれたが、彼らなりにこれからも奴隷解放に向けて、活動を続けると約束してくれた。

ユリウスは感慨深げに、街並みを眺めながら一路、カナタが働いていたカフェを目指す。

ここにもあの後一度行ったのだが、もちろんカナタはいないし、他のメンバーの姿もなかった。

店の中に入るとカウンターの席に座る。コーヒーを頼み、マスターがサイフォンで、コーヒーを淹れるのを眺めていた。

「マスター……以前ここで働いていた黒髪の眼鏡の子、最近見ないけど何か知っていますか?」

ユリウスがマスターに何気なく尋ねると、マスターは突然険しい顔をして、ユリウスをジロリと睨んだ。

「あんたはあの子とどういう関係なんだい?」

「え? あ、あの……だ、大学の講師で……」

「ああ! あんたかい! カナタと図書館で知り合って、色々と親切に勉強を教えたりしてくれたって大学の先生だろ? 聞いてるよ」

「え？」

「あ、いや……念のため……学部を教えてもらえないかい？」

マスターは、ニコニコと態度を一変させたが、自分でもちょっと早とちりしているかもと思ったのか、恐る恐る尋ねてきた。

「れ、歴史学です」

「うんうん、言われたとおりだ。あんたで間違いない。いやね、あの子のお兄さんから言伝を頼まれていたんだよ。あんたが来たら渡してほしいって」

マスターはそう言って封筒を手渡した。

「あの子もかわいそうだよね。この前の爆発騒ぎに巻き込まれて大怪我して、今は実家に帰っているそうだよ。お兄さんがね、ご丁寧に挨拶に来てくれたんだ。もう働けないからって……それでその時にそれを言付かったんだよ。だけどあの事件の犯人が捕まってないだろう？　カナタは被害者だけど、目撃者でもあるから、変な奴がカナタを探りに来るかもしれないっていうのも言われてな。それでさっきはあんな態度をとっちまったんだ。すまないね」

マスターはそう言って頭を掻いて笑った。

ユリウスはなんのことだか分からないが、とりあえず話を合わせて愛想笑いをした。


店を出て人気のない場所で封筒を開いた。中には風景画が描かれた一枚のカードが入っていた。他には何もなく、カードには『誕生日おめでとう』とだけ書いてある。

ユリウスは不思議そうに、カードをしばらく眺めていた。小麦畑と小さな小屋、数本の木、どこにでもあるような田舎の風景だ。だが写実的で細かいところまで丁寧に描かれている。

ユリウスは公園のベンチに座り、ずっとカードを眺めて考え込んでいた。

「たぶん誕生日おめでとうは、ダミーだ。深い意味はないと思う。そうなると絵だろうか？　ここがカナタの国の風景？　いや……だけどこの風景……どこかで見たことがある。たぶんこの国の風景じゃないかな？　どこだ？　小麦畑があるのはどの辺りだろう？　ん？　この遠くに見えるのは……風車かな？　三つ並んでる……三棟の風車……」

ユリウスは、はっと閃《ひらめ》いて立ち上がった。

ユリウスは辻馬車に乗って郊外の農地に来ていた。馬車を降りて辺りを歩いている。辺りは一面の小麦畑だ。この辺りはほとんどが小麦農家だった。遠くに三棟の風車が見える。小麦を脱穀するための風車だ。

ユリウスはカードと見比べながら、似ている風景を探した。

「あの小屋？」

ユリウスは風景とカードを何度も見比べて、そっくりの場所を見つけ出した。思わず走り出す。

小屋に辿り着くと中の様子を窺った。静まり返っていて、人の気配は感じられない。

ユリウスが窓から小屋の中を覗き込んでいると、突然後ろから羽交い絞めにされた。喉元にはナイフが突きつけられている。いつの間に近づかれたのか、ユリウスはまったく気づかなかった。

『しまった……』

カナタの手がかりだと思うと嬉しくて、少し油断してしまっていた。ユリウスは悔し気に唇を噛む。

「本当にあんたはウッカリだなぁ……カナタは、最初の頃あんたのことをイライラするって言ってたよ」

明るい声が耳元で囁いた。

「え？」

ユリウスは目を丸くする。聞き覚えのある声だ。

「ローラント！　やりすぎだ！　ユリウスさんが腰を抜かすぞ？」

そう言って、家の陰からユリウスの目の前にデニスが現れる。ユリウスを羽交い絞めにしていたローラントも、笑いながら手を離した。

「デニスさん、ローラントさん」


小屋の中で三人はテーブルを挟んで座っていた。

「そういう訳で、オレ達だけが残ったんだ。あれから五日だから……もうカナタも国に着いている頃だ」

「そうですか……無事なら良かった」

「貴方は大丈夫だったんですか？　こちらも探りは入れていたけれど、あの時の騒ぎについてさえ、城下町ではまったく話が聞こえなくて……状況が分からないから、下手に城には近づけないし、大学とか貴方の屋敷とかにも近づけなかったんだ」

「それでこれを？」

ユリウスはカードを見せた。

「そう……カナタのカフェなら……貴方が無事なら行くかもしれないと思ったんだ。まあ一種の賭けだけど」

「それ、オレが描いたんだ」

ローラントがニッと笑って言った。

「こう見えて絵は上手いんだ。オレは全然だけど」

デニスも笑いながら言った。

ユリウスは、こうして彼らと笑いながら話せるとは思っていなかったので、とても嬉しかった。彼らがこうして笑っているのならば、カナタは大丈夫なのだろうと安心できた。

それからユリウスは、城であったことをすべて話した。そして明日には国を出るつもりだったことも……。

「そうか……」

デニスは腕組みをして考えていた。

「それじゃあ……オレ達と一緒に行きますか？」

「え？」

「オレ達の国……アネイシス王国へ」

デニスとローラントが、笑顔で言ったので、ユリウスは戸惑った。

「え？　でも外国人は入れないんじゃ……」

「まあ、まだ許可も出てないし……そうなんだけど……行けばなんとかなるだろう」

デニスがあっけらかんとして言った。

「それに入れなくても、とりあえず行けばカナタには会えるよ」

ローラントもあっけらかんとして言った。

「馬を飛ばせば三日で着くよ」

「まあ、問題は陸路より航路だけどな……海が時化《しけ》ていないことを祈ろう」

「海？」

ユリウスは突然の展開に当惑するばかりだった。


アネイシス王国王城の一室。

カナタはテラスに立ち、街並みを眺めていた。

「少しは落ち着きましたか？」

声を掛けられて振り返ると、ハルトが微笑んで立っていた。

「母上」

ハルトはゆっくりとカナタの側まで歩いてきた。

「医師からの報告で、まだ日にちが達していないので確定ではありませんが、妊娠の兆候が数値に出ているそうですよ」

「そうですか……」

「嬉しくないのですか？」

「……嬉しいです。でもユリウスがいないと……」

「大丈夫ですよ」

ハルトはカナタの頭を優しく撫でた。

アネイシス王国に帰国して四日が経っていた。

カナタは体調が万全でなかったことと、旅の疲れなどのせいもあって、丸三日眠り続けていた。だから今朝目が覚めて、こうして祖国の見慣れた風景が目の前にあるのを、不思議な気持ちで見ていた。

ユリウスと別れたのが昨日のようだ。あれから何日も経っているなんて信じられない。

　ハルトがカナタの項をそっと撫でたので、カナタはビクリと体を震わせた。

「魂の番に出会えたのですね」

「母上」

「大体のことはヴェルナーから聞いています。ユリウスさんのこと……とても驚きましたけど……」

　ハルトはそう言ってクスリと笑った。

「す、すみません……母上に相談もなく番になってしまって」

「別に謝らなくてもいいのです。私は言ったはずですよ。魂の番に出会えたら、迷うことなく結ばれなさいと……貴方は正しい選択をしたのです。謝ることも、悔やむこともありません。私が驚いたのは別のことです」

「え？」

　カナタは不思議そうに母を見つめた。ハルトはニッコリと笑って、後ろ髪をかき分けると、自分の項を見せた。

「何もないでしょう？」

「え……は、はい」

「番はアルファが先に亡くなったり、いなくなってしまったりすると、時間の経過と共に噛み痣《あざ》も薄くなると言いますけど……私の場合は最初から無いのです。噛まれていませんから」

「え!?」

　母の思いがけない告白に、カナタはとても驚いた。

「番にはなっていないのです。貴方の父親とは……」

「どういうことですか？」

　ハルトは遠くを眺めた。

「私と貴方の父親は、ここから遠い国に住んでいました。私達は幼馴染みで親友でした。私は第二次性徴が遅くて、検査の数値も不安定だったので、正確なアルファの診断を十七になっても貰えていませんでした。でもある日……いつものようにあの人と一緒に勉強をしていたら、急に体が熱くなったのです。

あの人もなんだか耳まで赤くなって、息も乱れて様子がおかしかった。私は……初めて発情してしまったのです。それも正しい発情期ではなく……あの人に誘発されてしまって。私達は魂の番でした。でもあの人は、とても真っ直ぐで誠実な人で……親友である私にそんな酷いことは出来ないと……その時は何もせずに離れてくれて、私の純潔は守られました。ですが……私達のいた国は、とてもオメガへの差別のひどい国で……私がオメガだと知られれば、侯爵家である家名にも傷がつくほどの弾圧を受けるはずでした」

「ひどい」

カナタは眉根を寄せた。ハルトは寂しそうに笑みを浮かべて頷いた。

「でも両親は私を手放さず、オメガであることがバレないように私を隠しました。そしてあの人とはいつしか愛し合うようになり……。しかし、いつまでも隠し通せるわけはなくて……私達の関係も、私がオメガであることも、周囲に知られてしまったのです。私はあの人の子供を……貴方を身籠もっていたので、殺されそうになりました。なぜならあの人は、その国の皇太子だったから」

カナタはさらに驚いて目を見開いた。それはまるでユリウスのようだと思ったからだ。

「皇太子がオメガと結ばれるなどあってはならないこと……ましてや子供までいるなんて……。両親は全財産をなげうって、私を国外に逃がそうとしました。そしてあの人も……私を逃がすために犠牲になったのです」

「犠牲に？　亡くなったのですか？」

ハルトはカナタの問いかけにただ頷いた。しばらくの間沈黙が流れた。そよ風が吹いて、二人の黒髪を揺らす。

「あの人はきっと分かっていたのです。そうなることが……皇太子である自分がオメガである私と幸せになれないことが……。逃げてもきっとどこまでも追われるだろうと……彼の父は裏切った息子を決して許さないと……。だからあの人は私と番になってくれなかった。番になったら……先にアルファを亡くしたオメガは死んでしまう。あの人は、私と貴方を守りたかったのです。死なせたくなかった。だから私はあの人の遺志を引き継ぎ、あの人の夢だったオメガの国を作った。あの人の研究は私のためなのです。いつかオメガである私も、あの人の妃としてあの国で堂々と暮らせたらと……そう願って研究をしていたのです」

「母上」

カナタは思わずハルトの手を強く握っていた。なんだか儚く消えてしまいそうに見えたからだ。

「でも時々思うのです……あの人と番になりたかったと……あの人のものであるという証が欲しかったと。あの人の後を追って、あの人の夢を見ながら儚く死ねたら、それはそれで幸せなのではないかと……」

「だから母上は私に言ったのですね？　魂の番に会ったら結ばれなさいと」

ハルトは無理して笑って見せた。

「勝手な母ですよね。自分の望みを押し付けるなんて……。でもどんな結果になったとしても、きっと番になった方が後悔はないと思うのです。私は貴方を産んで育てて、この国を作って、とても幸せですよ。でも後悔はいつまでも消えずにあるのです」

「母上」

その時勢い良く扉が開いて、ヴェルナーが駆け込んできた。

「陛下！　ご無礼をお許しください！　デニス達が戻ってまいりました」

「そうですか……無事なのですね？　良かった」

ハルトは安堵の笑みを浮かべた。カナタも嬉しそうな顔になる。

「それと……デニス達が外国人を連れて来ていまして……陛下に謁見の申し入れをしております」

「外国人？　どこの誰ですか？」

ハルトが不思議そうに尋ねると、ヴェルナーはカナタを見つめてニッコリと笑った。

「イディア王国から来たユリウス・キルヒマンという者です」

ヴェルナーが最後まで言い終わらないうちに、カナタは駆けだしていた。

「カナタ……」

ハルトは驚いたが、ヴェルナーは笑っていた。


カナタは廊下を全力疾走した。階段も一段一段など降りていられず、何段も飛び降りた。擦れ違う人達が目を丸くしている。

「急いでいても転んじゃだめだよ」

カナタに並走して、ルゥルゥが飛んでいた。

「ルゥルゥ！　瞬間移動で連れて行ってよ」

「ダメだよ！　ボクはもう絶対瞬間移動させないからね、あんなカナタはもう見たくないよ」

「ケチ！」

階段を飛び降り、廊下を駆け抜け、一階にある謁見の間に辿り着いた。大きな扉を力いっぱい開けた。

勢いよく開いた扉に、広間にいた人々が驚いたようにこちらを見た。

「ユリウス!!」

カナタは大きな声で愛しい人の名前を叫んでいた。

「カナタ!!」

ユリウスは立ち上がり、両手を大きく広げる。

「ユリウス！　ユリウス！」

カナタは涙を浮かべながらも、満面の笑顔で駆けだした。ユリウスの胸に飛び込むと、あまりの勢いに、ユリウスはその場にひっくり返ってしまった。だがしっかりとカナタを腕に抱きしめていた。

「会いたかった」

二人は口づけを交わした。

「約束しただろう？　生き延びて必ず会いに行くと」

ユリウスの言葉に、カナタは幸せそうに笑って、また唇を重ねた。

「愛してます」

「愛してるよ」

二人はしっかりと抱きしめ合った。


「陛下、謁見の間には行かれないのですか？」

ハルトが動かずに、まだテラスで景色を眺めているので、ヴェルナーが恐る恐る声を掛けた。

「私は今日一日、とても忙しいので、接見は明日にします。それまで客人は皇太子が丁重にもてなすように伝えてください」

「かしこまりました」

ヴェルナーは恭しく一礼をして、クスクスと笑った。ハルトも笑いながら、吹き向けていく風を追うように空を眺めた。

天使達の集う場所

板張りの広い部屋で、十人の若者達が二人ずつ組んで体術の訓練を行っていた。それぞれが真剣な顔で取り組んでいる。

「ここで……こうかわされた時は、下から相手の肘を摑《つか》み懐に屈《かが》みながら入って、こう……」

カナタが訓練生の一人に指導を行い、見事な動きであっという間に床に倒してしまうと、訓練生の間から「おお」と思わず称賛の声が上がる。

組伏された訓練生は、カナタに完全に動きを封じられてしまい床に倒れている。

「ここところの関節を押さえ込めば、どうやっても相手は動けません。どうですか？　私から逃げてみてごらん」

カナタに組伏された訓練生が、言われて必死にもがいたがどうにもならなかった。他の訓練生達が周囲を囲んで、熱心にカナタの指導を見学していた。

「自分よりも大きな相手と戦う場合もあります。この体術は相手の大きさや強さには関係なく、こちらは最小限の動きと力で倒すことも出来ます。大勢の相手をする場合には、あまり役に立たないかもしれませんが、潜入捜査で一対一になれば、騒ぎを起こさずに倒すことが出来ます。ここでこう……頭を殴ってもいいし、こう……首を絞めて気絶させても良いです」

カナタは組伏している訓練生の頭や首を攻撃するふりをしてみせた。

「首を絞める際は、力加減に注意してください。出来れば殺さずに気絶させることを目的にしてください。殺人を犯してしまうと、現地の警察の捜査を受けてしまい、余計な危険を生んでしまいます」

カナタの話を真剣に聞きながら、「はい」と全員が頷《うなず》いた。

カナタは組伏していた訓練生を解放して、手を貸して立ち上がらせた。

「大丈夫ですか？」

「はい、ありがとうございました」

防具を身につけているので怪我《けが》はないと思うが、カナタが気遣いの言葉をかけると、訓練生は手足の関節を動かしながら、笑顔で一礼をした。

「それでは今やってみせた技を、お互いに掛け合ってください」

カナタの号令で、皆が一斉に二人ずつに組んで技を掛け合った。カナタはゆっくりと歩きながら、皆の動きを見て回り、時々手ほどきをしてみせた。

カナタがふと視線を感じて振り返ると、出入り口の扉の前に一人の男性が立っていた。

「デニスさん！」

カナタが驚きの声を上げると、デニスは微笑《ほほえ》みながら小さく手を振った。

「ありがとうございました！」

訓練生達が一列に整列して、元気に礼を述べた。

カナタが一礼を返して解散を告げる。

カナタは改めてデニスの下に駆け寄った。

「デニスさん！　お久しぶりです。いつ戻ってこられたのですか？」

「ついさっき到着して、陛下にご挨拶《あいさつ》と報告をしてきたところだ」

「今日は何かあったんですか？　デニスさんが帰国するなんて聞いていませんでした」

「ああ……今度新しいチーム編成をして、別の国に派遣されることになったんだ。それで新人スカウトも兼ねて、一度帰国した。ヴェルナーにまた復帰するよう頼もうかと思って」

デニスがニッと笑って言った。

「ヴェルナーさんを……」

カナタは呟《つぶや》いて少し考えた。ヴェルナーは、イディア王国から帰国後、カナタと共に救出部隊を引退して、以前の職場である医療チームに戻っていた。

なぜヴェルナーが救出部隊を引退してしまったのか、カナタは何度か会った時に尋ねたのだが、明確な返事はもらえなかった。

「もうヴェルナーさんには会ったんですか？」

「ああ、この件は事前に陛下に打診してあったから、陛下にご挨拶に行った時に、ヴェルナーも呼ばれたんだ」

「それで……」

「少し考えさせてくれと言われた。だが断らなかったから、脈はあると思う。それに派遣先がイディア王国だからね」

「え!?」

カナタは驚いた。イディア王国からは、あれ以来救出部隊は撤退していたからだ。

「なぜですか？　なぜまた急にイディア王国に？」

「実は……イディア王国国王からの依頼なんだよ。国を少しずつ変えようと……オメガに対する偏見をなくそうと、国王自ら動いてはいるらしいが、オメガの性奴隷については、なかなか規制しても上手《うま》く取り締まれないらしく苦戦しているそうだ。それでユリウス君を通じて依頼があったらしい」

カナタはそれを聞いて、ようやく納得したように頷いた。

ユリウスがアネイシス王国に移住した後も、イディア王国については色々と手を回しているという話は、ユリウス自身から聞いていた。世継ぎである彼の弟が実はオメガだったことも聞いた。だから弟のために、アネイシス王国で作られた抑制剤や魔法具などを、秘かに送っていたのだ。

だがユリウスは、アネイシス王国の存在を頑《かたく》なに秘密にしているため、イディア王国側には、まだこちらの存在は知られていないはずだ。

今回の救出部隊派遣の件も、国王が困っていることを知り、ユリウスが何か手を打つと約束したのだろう。

カナタは、そのことについて知らなかったが、特にショックを受けるということはなかった。ユリウスを信頼しているので、すべて任せている。

むしろイディア王国の内情を知らないカナタが、口出し出来ることではない。

「それでヴェルナーの返事を待つ間しばらく滞在することになった」

「デニスさんは、なぜヴェルナーさんが救出部隊を引退したのか、理由はご存知なんですか？」

カナタは思い切って尋ねてみた。デニスは少し考えた。

「オレも直接ヴェルナーに聞いた訳ではないが……以前ちょっとだけそれらしいことを言ったことがあって……カナタを連れ帰った時、自分が何も出来ず無力だったことが、かなり堪《こた》えたらしいんだ」

「え？」

カナタは驚いた。

「だからこれはオレの推測だが……今後も救出部隊の仲間が、妊娠してしまう事態が絶対ないとは限らない。それでも任務中は無理をして働いてしまうだろう。そんな時に、助ける技術を習得したいと思ったんじゃないかな？　もちろん自分だけの話ではなく、医療チーム全体で、危険な任務地でも、妊娠したオメガが、体に負担をかけずに活動し、万が一の時に命の保証が出来る緊急救命装置の開発をしたいと思ったんじゃないかな……ってね」

カナタはそれを聞いて、神妙な表情で考え込んでしまったので、デニスがポンッと肩を叩《たた》いた。

「さっきも言っただろう？　今回の誘いにヴェルナーはダメだと即答はしなかったんだ。もう何か吹っ切れたんだと思う。だからカナタは気にすることない。むしろカナタのおかげで、助かる人が増えたんだと考えよう」

「はい」

励まされてカナタは少しだけ笑顔を取り戻した。

「まあ、そういう訳でカナタに会いたくなって、カナタの居場所を聞いたらここだと言うから来てみて驚いたよ。救出部隊候補生の指導官の仕事に戻っていたんだな」

「はい、いつまでもじっとしていられなくて……」

カナタが苦笑すると、デニスは目を丸くした。

「いつまでもって……この前出産したばかりじゃなかったか？」

「そうですが……この前と言ってももう一ヶ月になります」

「もう……じゃないよ。普通育児休暇は一年取るだろう……第一、子供は誰が見ているんだい？」

「それはユリウスが」

カナタが笑って答えたので、デニスはさらに目を丸くした。

「ユリウス君が？」


カナタは、デニスを連れて研究棟の中の一室へ向かっていた。

アネイシス王国はひとつの島からなる国で、その島の中央にある小高い丘の上に白壁の王城が建ち、その左右には研究棟や保護施設、訓練施設などが並んで立っていた。すべてアネイシス王国の中心となる建物だ。

研究棟では、オメガが平和に暮らしていくためのあらゆるものが研究されていた。発情抑制剤の開発、魔法具の開発などが主である。

カナタはひとつの扉の前で足を止めた。

「ここはユリウス君の研究室だよな？」

デニスがカナタにそう言うと、カナタはニッコリと笑って頷いた。

扉の横にある認証プレートに、カナタが左手を翳《かざ》すと、カナタの魔力を検知してランプが青く灯《とも》った。扉がスライドして開く。

「ユリウス、お客様を連れてきたよ」

カナタがそう言いながら部屋の中に入っていった。デニスもその後に続く。中に入ると白で統一された清潔感のある研究室には、壁一面の本棚にたくさんの古い書物が置かれている。

奥の机にユリウスが座り、片手で脇に置いた揺り籠を揺らしながら、真剣な様子で本を読んでいる。

「ママ！」

カナタの下に、嬉《うれ》しそうに駆け寄る小さな子供の姿があった。

「ツバサ、いい子にしていた？」

カナタはその場にしゃがむと、両手を広げて駆けてくる子供を受け止める。ツバサと呼ばれた子供は、きゃあと笑い声を上げて、勢いよくカナタの胸に飛び込んだ。カナタはツバサを抱いて立ち上がり、デニスの方を振り返る。

「ツバサ、デニスだよ。覚えてないかな？」

デニスは、ツバサの顔を覗《のぞ》き込んで微笑んだ。

「ツバサかぁ……大きくなったね。いくつになるんだ？」

「ツバサ、年はいくつ？」

カナタがツバサに尋ねると、小さな右手の親指を曲げて、他の指を四本とも立てた。そして恥ずかしそうに、カナタの肩に顔を伏せる。

「四歳かぁ……前に会った時は、たぶんまだ一歳になるかどうかという時だよ。三年くらい前だ。ツバサはユリウス君にそっくりだね」

デニスが笑いながら言った時、はっとしたようにユリウスが顔を上げて振り返った。

「あれ？　カナタ……いつ来たんだい？　というか……デニスさん！　お久しぶりです。お元気でしたか？　いつ帰国なさったのです？」

ずいぶん遅れてユリウスがそう言いながら立ち上がったので、デニスとカナタは顔を見合わせて笑った。

「え？　なんだい？」

ユリウスが微笑みながら首を傾《かし》げた。

「デニスが、ツバサはユリウスにそっくりだって」

カナタが誤魔化《ごまか》すようにそう言った。するとユリウスは、満面の笑顔になりデニスに握手を求めた。

「そうですか？　そうですよね？　でも髪はカナタ

に似てサラサラの黒髪なんですよ。かわいいでしょう？」

ユリウスが嬉しそうに語るので、デニスも釣られて笑顔で頷く。

「そっちの子がこの前生まれた子かい？」

デニスが揺り籠を指して言うと、カナタが返事をするより先に、ユリウスが「そうなんです！」と自慢げに大きな声で言った。

その声にデニスは驚いたが、それよりも寝ていたその子が驚いて泣き出した。

「ユリウス……」

カナタが眉根を寄せて咎《とが》めると、ユリウスはとても慌てた様子で、揺り籠の中から泣いている赤ん坊を抱き上げた。

「ごめんよ……驚かせてしまったね。ほら泣かないで天使ちゃん」

ユリウスは優しい声であやしながら、赤ん坊の額や頰《ほお》にそっと口づけた。

「名前は？　天使ちゃんじゃないよね？」

「ヒカリだよ」

デニスが少しばかり啞然《あぜん》とした様子でカナタに尋ねると、カナタは首をすくめて苦笑しながら名前を教えた。

赤ん坊はすぐに泣き止《や》んだ。

「デニスさん、ほら見てください……天使のようでしょう？」

ユリウスがそう言って、腕に抱いているヒカリをデニスに見せた。ふわふわの金髪の巻き毛に、ぱっちりとした黒い瞳のかわいい顔をしている。こちらはカナタにそっくりだと思った。

「男？　女？」

「娘だよ」

ユリウスがデレデレとした顔で答えた。その様子に、さらにデニスが呆《あき》れ顔をする。

「子守はいつもユリウス君がしているのかい？」

「ユリウスは子供の扱いが上手いし、ここだと子供を見ながら仕事が出来るって言うから」

「だけど二人も見るのは大変だろう？　赤ん坊なんて、しょっちゅう泣いて手がかかるのに」

「でもユリウスがやるっていうから……」

カナタが少し唇を尖《とが》らせながら、言い訳のように言うので、デニスはカナタとユリウスを交互に見た。

「まあユリウス君がそれでいいって言うなら構わないと思うが……研究に支障はでないのかい？」

一応デニスが尋ねると、ユリウスはきょとんとした顔で首を傾げた。

「研究は順調だよ。むしろ子供達のおかげで気分が高揚して、士気が上がるんだ。禁書の解読は難解だけど、集中力を保つことが出来ていいよ」

「集中力……」

言われてデニスは少し考えた。確かにさっきはデニス達が入ってきたのも気づかないくらい集中して本を読んでいた。だが片手で揺り籠を揺らし続けるなど、ずいぶん器用だと思う。

「ユリウスのおかげで、私も指導員の仕事に早く戻れたし、ありがたいと思っているよ……それにここで子供達を見てもらっていると、母上が度々遊びにくるようなんだ」

「陛下が？」

「研究室の見回りという名目にかこつけて、孫を見にきやすいみたい」

デニスは、国王ハルトが、ユリウスのように子供達を抱いてデレデレしている姿を想像した。いつも物静かで穏やかな人柄だけに、いまひとつ上手く想像出来ずに頭を悩ました。

困惑している様子のデニスを見て、カナタがクスクスと笑った。

「想像出来ないでしょ？　でもツバサをすごく甘やかすから困っているんだ」

カナタはそう言いながら、抱いているツバサの顔を覗き込んで「ねっ」と笑顔で言うと、ツバサは笑顔で「ハルトちゅき」とはにかみながら答えた。

デニスは二人を……いや、四人家族を眺めながら、腰に両手を当てて大きく溜息《ためいき》を吐《つ》いた。

「幸せそうで安心したよ」

デニスはそう言って、ニヤッと笑った。

カナタとユリウスはお互いに顔を見合わせ、お互いの抱いている子供を見つめた。そして幸せそうに微笑み合う。

「はい、幸せです」

二人は同時にそう答えた。

あとがき

こんにちは。飯田実樹《いいだみき》です。「約束《やくそく》の番《つがい》　魂《たましい》の絆《きずな》―オメガバース―」を読んでいただきありがとうございます。

今回、はじめてオメガバースに挑戦いたしました。実は私、所謂『設定厨』なので、オメガバースという特有のルールといいますか、設定が大好きなのです。それで一度独自設定を構築して書いてみたいな～と思っていました。割と軽い気持ちで、担当さんに言ってみたらすんなり承諾いただきまして、プロットも通ってしまって、あらあらあらと言っている間に書くことになりました。しかしそれが悪夢の始まりだった……（笑）オメガバースを甘くみていました。ごめんなさい。すごく書くのに苦労しました。なんといいますか……独自設定を凝り過ぎて、ちゃんとオメガバースの良さを出せているのか？　普通のBLになってないか？　というジレンマに陥ってしまいまして、初めてのスランプ状態！　おかげで入稿が遅れてしまい担当さんやイラストの円之屋《まるのや》先生にご迷惑をおかけしてしまいました。本当にごめんなさい。でもなんとか完成しました！

本作で私が一番書きたかったのは、強いオメガ！　屈しないオメガです。オメガって酷い目に遭っていることが多いでしょう？　私はそういうのが嫌で、出来れば強く逞しくいてほしいなぁという思いで書きました。結果強いオメガだらけの話になってしまいました。メインキャラは、攻めのユリウス以外みんなオメガなんですよね。気づいたら……。カナタはツンデレ受けを目指して書いたのですが、私ツンデレを上手に書けなくてごめんなさい。そして攻めのユリウスはアルファだけど癒し系です。私の中ではユリウスがヒロインです。こういうタイプの攻めを書くのは、私としては珍しいので書いていて一番楽しかったです。

そして私の一番のお気に入りは、ハルトさんとルゥルゥです。ルゥルゥ欲しい。円之屋先生が描いてくださったルゥルゥが、かわいくてかわいくて。ふわっふわで抱いたら気持ちよさそうですよね。ミンクの肌触りだと思います。

本作の世界観は、十八世紀末のヨーロッパくらいの文明のあるファンタジー世界。某ハリウッド魔法映画みたいな感じです！　というアバウトな説明を、円之屋先生が上手くアレンジして描いてくださって、その繊細で美しいイラストの数々に心ときめきました。私は、カナタに壁ドンされている怪しい恰好のユリウスのイラストが大のお気に入りです。

初オメガバースですが、オメガバース好きの方には「これは違う」と叱られるのでは？と内心ドキドキしています。ラブも少し足りなかったかもしれません。でも楽しく書くことが出来ました。

関わって頂いた皆様、そして手に取って読んでくださった皆様に感謝します。

飯田実樹

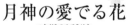

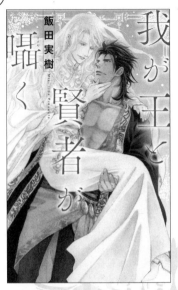

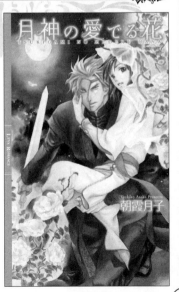

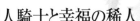

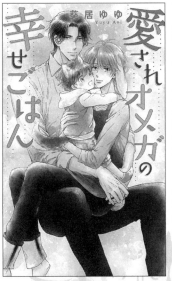

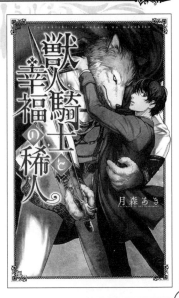

LYNX ROMANCE

小説原稿募集

リンクスロマンスではオリジナル作品の原稿を随時募集いたします。

募集作品

リンクスロマンスの読者を対象にした商業誌未発表のオリジナル作品。
（商業誌未発表のオリジナル作品であれば、同人誌・サイト発表作も受付可）

募集要項

＜応募資格＞
年齢・性別・プロ・アマ問いません。

＜原稿枚数＞
４５文字×１７行（１枚）の縦書き原稿、２００枚以上２４０枚以内。
※印刷形式は自由。ただしＡ４用紙を使用のこと。
※手書き、感熱紙不可。
※原稿には必ずノンブル（通し番号）を入れてください。

＜応募上の注意＞
◆原稿の１枚目には、作品のタイトル、ペンネーム、住所、氏名、年齢、電話番号、メールアドレス、投稿（掲載）歴を添付してください。
◆２枚目には、作品のあらすじ（４００字～８００字程度）を添付してください。
◆未完の作品（続きものなど）、他誌との二重投稿作品は受付不可です。
◆原稿は返却いたしませんので、必要な方はコピー等の控えをお取りください。
◆１作品につき、ひとつの封筒でご応募ください。

＜採用のお知らせ＞
◆採用の場合のみ、原稿到着後６カ月以内に編集部よりご連絡いたします。
◆優れた作品は、リンクスロマンスより発行させていただきます。
原稿料は、当社既定の印税でのお支払いになります。
◆選考に関するお電話やメールでのお問い合わせはご遠慮ください。

宛先

〒151-0051
東京都渋谷区千駄ヶ谷４−９−７
株式会社　幻冬舎コミックス
「リンクスロマンス　小説原稿募集」係

この本を読んでの
ご意見・ご感想を
お寄せ下さい。

〒151-0051
東京都渋谷区千駄ヶ谷4-9-7
(株)幻冬舎コミックス　リンクス編集部
「飯田実樹《いいだみき》先生」係／「円之屋穂積《まるのやほづみ》先生」係

リンクス ロマンス

約束《やくそく》の番《つがい》 魂《たましい》の絆《きずな》 —オメガバース—

2019年3月31日　第1刷発行

著者……………飯田実樹《いいだみき》
発行人…………石原正康
発行元…………株式会社　幻冬舎コミックス
〒151-0051　東京都渋谷区千駄ヶ谷4-9-7
TEL 03-5411-6431（編集）
発売元…………株式会社　幻冬舎
〒151-0051　東京都渋谷区千駄ヶ谷4-9-7
TEL 03-5411-6222（営業）
振替00120-8-767643
印刷・製本所…株式会社　光邦
検印廃止

ISBN978-4-344-84431-5 C0293
Printed in Japan

幻冬舎コミックスホームページ　http://www.gentosha-comics.net